サイテーなあいつ

作　花形みつる
絵　垂石眞子

童話館出版

子どもの文学●青い海シリーズ・17

サイテーなあいつ

第一章

第二章

第三章

ったくもー、サイテー！

四年生になって最初《さいしょ》で最大《さいだい》の運だめし、席《せき》決め。クジを引いたら、いきなり、〈ソメヤ ノリオ〉がでるもんなー。

小学生ライフの半分は、となりの席のヤツで決まるってのに……。これで、あたしの一学期はサイテー、ってことが決定してしまった。

第一章

カオルちゃん

ソメヤはサイテー、って思ってるのは、あたしだけじゃない。

だいたい、クラスのなかで、ソメヤのことをきらいじゃないヤツなんて、ひとりもいないんじゃないの。

なかでも、タケダとハルキ。

ふたりとも、運動神経《うんどうしんけい》がよくって、けんかも強くって、クラスのなかでも目立《めだ》ってる男の子たち。だから、このふたりがソメヤをきらい、ってことは、当然《とうぜん》、ほかの男の子たちもソメヤがいやだ、ってことになるんだ。

とくに、タケダは、メチャクチャきらってる。理由は……、三年生の時、ソメヤにツバとばされたから、じゃないのかな。

〈ツバとばし〉は、ソメヤの武器《ぶき》なんだ。これやられると、女の子なら泣《な》いちゃうし、男の子だったらキレちゃう。

あの時のタケダも、キレた。

「おまえ、いつか殺されるからな」ってスゴんで、ケリ入れてた。

でも、ケリだけでがまんした。

タケダがケリだけでやめたのは、ソメヤをなぐると、手がくさるから。

〝ソメヤにさわると、手がくさる〟って、けっこう、みんな、マジで信《しん》じてるよ。で、タケダがソメヤを「殺したいくらいに、きらい」だとすれば、ハルキのほうは、いくらかマシかも。「半殺しにしたいくらいに、きらい」って、言ってたから。……って、たいした違《ちが》いはないんだけどさ。

三年生の時、ソメヤとハルキの席《せき》が、となりどうしになったことがあったんだけど、ソメヤってば、ハルキのテストの答え、見まくりだったの。

ハルキ、すっごくムカついてた。

ムカつく気持ち、よくわかる。だって、ソメヤが見るの、テストだけじゃないんだもん。図工ですきな動物をつくった時も、もう、まねしまくり。社会科で消防《しょうぼう》署《しょ》を見学に行った時も、署長《しょちょう》さんから聞いた話をもとにしてつくった新聞なんか、もうかんぺき、パクリなの。

さすがに、ハルキも、がまんの限界《げんかい》、突破《とっぱ》しちゃって、

「先生！　ソメヤくんがまねするんです！」って、言いつけたもんね。

そしたら、ソメヤってば、言い張るんだよ、

「ハルチくんのまねなんて、ちてないよぉ」って。

ソメヤってさー、〈キ〉と〈シ〉の発音《はつおん》が、時々〈チ〉になってしまう、という赤ちゃんなヤツなの。だから、ハルキなんて、

「ハルチじゃねーだろ、ハルキだろ！」って、しょっちゅう、おこってた。

こういうのも、ムカつくわけのひとつなんだよね。それに、ソメヤ《あいつ》、すぐ泣《な》くし。

あの時も、「ちてない、ちてない」って、泣きだしちゃって。

そうなると先生も、うんざりした顔で、

「ちょっとぐらい、まねされたっていいじゃないの」とか言っちゃってさ、

「ちょっとじゃねーって」

ハルキがうったえても、先生、シカト。で、

「ソメヤくんも、そのくらいのことで泣くんじゃありません」

なんてことで、すんじゃってさ。ホント、こうなると、泣いたヤツの勝ちだよね。

あいつ、泣き虫なんだよ。ホントによく泣くの。すげー幼稚《ようち》なの。そのくせ、生意気《なまいき》にも、女の子にいやがらせすんの。いきなり抱《だ》きついてきたり、「ウヘヘェ〜」とか、気持ち悪い声だしながらおいかけてきたり……。

でも、女の子たちは、なにをされても手はださない。ひたすら逃《に》げまわっているだけ。だって、へたにさわると、ソメヤのバイキンがうつるじゃん。

やり返すのは、女の子のなかでいちばんあぶない、フーコぐらいかな。

そのフーコも、素手《すで》は使わないもんね。上《うわ》ばきでケリ入れて、直接《ちょくせつ》、さわんないようにしてる。

そんなヤツだから、当然《とうぜん》、ソメヤは女の子全員のきらわれ者。女の子のなかで、いちばん男にやさしいということになっているマリナでさえ、ソメヤだけはべつ。

あたしがげっそりしてたら、

「カオルちゃん、かわいそー。あたしも、三年生の時、あいつといっしょになったけど、すっごく、いやだったのよ」なーんて、得意《とくい》の〈目パチパチ光線《こうせん》〉を発射《はっしゃ》しながら、わざわざ、言いにきたくらいだから。

そういうわけで、ソメヤのとなりの席《せき》になったら、あたし、いきなり、クラスじゅうから注目されることになってしまった。

みんなの目が、言ってる。カオルちゃん、かわいそう、って。だけど、ホントのところは、半分おもしろがってるんだろうな、きっと。

でも、でもね、そんなことよりもなによりも、となりの席がソメヤになって、あたしがいちばんいやなのは、あいつが、ハナクソくっつけてくることなんだよ。もう、気持ち悪いよー。

だから、あたし、決心《けっしん》したんだ。一学期は、ぜったい休まない、って。だって、学校休んでる間に、あたしの机《つくえ》にハナクソつけられたら、マジ、いやじゃん。

ソメヤ

こんど、ボク、カオルちゃんと、おとなりどうしになったんだ。

カオルちゃんはね、頭がいいの。うんどうもできるし、顔もかわいい。

けど、こわい。

おとなりどうしになった日に、ボクが、キーって言ったら、
びっくりした。だって、女の子はみんな、ボクからにげるのに、カオルちゃん、

「なんだ、おまえは怪人《かいじん》か！」って、どなられた。

にげないでおこるんだもん。

ボクさー、みんなにきらわれてるんだ。

きたなくって、きもちわるいからなんだって。ボクにさわるとバイキンがうつる、って、みんな、言ってる。ようちえんのときから、ずっとそうだったの。

でも、そういうの、ボク、ホントはいやだ。やっぱり頭にくる。

だから、ボクだって、しかえしするよ。

ボク、キーって言って、女の子をおどかすの。そうすると、女の子はにげる。

おっかけると、女の子はキャーキャー言って、にげてくんだ。

おいかけるの、おもしろいよ。

でも、カオルちゃんは、にげない。にげないで、おこる。

にげない女の子は、あと、フーちゃんだけど、フーちゃんはけるからなー。

けられるより、おこられるほうが、いたくないだけマシだなぁ。

カオルちゃんは、おこってばっかいる。

ボクは、頭がわるいので、テストなんかは、いつも、となりのヒトのこたえをうつしてた。そうすると、みんないやがるんだ。にらんだり、テストをかくしたり、「せんせー、ソメヤくんが見るんですー」って、言いつけたり。

なきだしちゃう子もいた。

でも、カオルちゃんは、

「見るなよ！」って、おこるんだ。「自分で考えろよ」って。

そんなこと言われても、見ないわけにはいかないんだよね。ボク、こたえがわかんないんだから。

そしたら、このまえ、カオルちゃんが、すっごく大きな声で、どなったの。「見るんじゃねーよ！」って。

あんまり大きい声だったから、せんせーにもきこえちゃって、せんせーが、「教えてやんなさい」って、言ったの。「カオルさんはよくわかるんだから、教えてあげられるでしょ」って。

カオルちゃんは、ゲッ、って顔して、ボクにしかきこえないくらい小さな声で、めんどくせ

ー、って言ったけど、それから、ボクに、べんきょうをおしえてくれるようになったんだ。

カオルちゃんのおしえかたは、こわいよ。

「バカか、おまえは。こうだってんだろ！」って、すぐ、おこる。

ときどき、せんせーが、

「もっとやさしく、教えてあげたら」って言うくらい、こわい。

でも、ボクはうれしい。だって、こんなふうに、となりのヒトにべんきょうおしえてもらうの、生まれてはじめてなんだもん。

カオルちゃんのゆううつ

あー、もう、ソメヤのおかげで、すっげぇストレス。

机《つくえ》の上にハナクソなすりつけるし、人のテストの答えは見るし。

もう、これじゃあ、なんのために、ソメヤに勉強教えてやってるんだか、わかんないじゃん。テストの答えを見られるよりはマシかと思って、教えてやってんのにさー、何回やり方説明《せつめい》しても、ちっともわかんないんだもん。ったく、先生も先生だよ。めんどうなことは、なんでも、あたしに押《お》しつけちゃってさー。

あー、もう、つかれる。あとさー、つかれるのは、みんなが、やたら、ソメヤの話題をあたしにふってくること。

とくに、マリナ。今まで、あんまりしゃべったこともなかったのに、ソメヤのとなりの席《せき》の経験者《けいけんしゃ》、っていう共通《きょうつう》の話題ができてから、やたら、なれなれしいの。

休み時間になると、いつのまにか、あたしのそばにやってきて、

「ソメヤって、抱《だ》きついてくるから、気持ち悪いのよねー。あたしも、やられてばっかじゃムカつくから、やり返したいんだけど、さわると手がくさるしー」

とか、目をパチパチさせながら、ぺちゃくちゃ、しゃべってる。

この〈目パチパチ光線《こうせん》〉は、マリナの得意《とくい》わざなんだ。これで、マリナは、クラスでいちばんモテる女になったんだから。ただ、この得意わざ、男には威力《いりょく》があるけど、女には通用しない。だから、マリナは、女の子には人気《にんき》がない。

「あいつ、お母さんにあまやかされてるからー」と、マリナ。

「そうなの?」と、あたし。

「うん。あたし、あいつと幼稚園《ようちえん》がいっしょだったからわかるけど、ソメヤのお母さんって、ソメヤのこと、赤ちゃんあつかいなんだよ」

あたしは、ソメヤのお母さんのことはなにも知らないけど、なんとなく、わかる気がした。大人は、ソメヤにあまいのだ。

このまえ、視聴覚室《しちょうかくしつ》で理科のビデオを観《み》てた時、ソメヤがキーキー言って、う

るさいから、トモちゃんが、シーッ！　って注意したことあったんだ。そしたら、あいつ、いきなり、トモちゃんの顔面《がんめん》にキック入れたんだよね。あたしなんて、あの時、思わず、うわー！　って声がでそうになっちゃったよ。だって、ソメヤの上《うわ》ばきが、顔面にじかにヒットしたんだよ。すっげーきたないじゃん。

もちろん、トモちゃんは泣《な》いた。きたないのと、いたいのとで。

で、そのまま、視聴覚室《しちょうかくしつ》は、ソメヤ告発会場《こくはつかいじょう》になってしまった。女の子たちが、みんな、トモちゃんの味方して、それまでにソメヤにやられたこと、抱《だ》きつかれたり、おいかけられたり、ハナクソつけられたり、ぶたれたりしたことを、いっせいに先生に告発したからだ。えらいさわぎだった。

で、ソメヤが、「そんなの、ち̇らない。ボク、やってない」なんて、シラを切るもんだから、ますます大さわぎになった。

あたしは、なにも言わなかった。言ってもしょうがないと思ったから。

そう、言ってもしょうがないんだよ。

先生は、いちおう、ソメヤを注意したけど、女の子たちにも、

「ソメヤくんは、年の離《はな》れたお兄ちゃんしかいなくって、女の子とのつきあい方が

わからないんだから、みんなも、少しがまんしてあげなさい」なんて、言うんだよ。なんでだよー、って、みんな思った。なんで、あたしたちががまんしなきゃなんないの。悪いのは、ソメヤなのに。なんで、先生は、そこらじゅうにハナクソつけるな！　女の子をおいかけたり抱きついたりするな！　テストの答えを見るな！　って、ソメヤに、キッチリ言わないんだろ。

なのに、だれかが、ソメヤのランドセルを、ゴミ箱に捨てちゃったりすると、死ぬほどおこるもんなー。あの時、先生は、「これは、いじめです！」って、授業を一時間つぶして、おこりまくってた。

おこってもしょうがないのにね。算数がつぶれて、みんな内心喜んでたし、結《けっ》局《きょく》、だれがやったかなんて、わかりっこないんだから。

でも、女の子じゃないことだけは、たしかだね。だって、女の子が、ソメヤのランドセルなんてさわるわけないもん、きたなくて。

悪いのは、ソメヤ。

それはそうなんだけど、でも、女の子たちも、少し大げさかな、って思うこともある。だって、ソメヤにかんするうわさって、すごすぎなんだもん。

「聞いた? ソメヤにさわられたとこが、赤くはれて……」

「うん、聞いた。かゆくなっちゃったんだよね」なんてのは、もうふつう。

いちばん、すごかったのが、「ソメヤの服には、いつも虫がはってるんだってぇ」

っていうヤツ。さすがに、あたしもびっくりした。どんな虫なのか、聞いたら、

「ケムシとか、シャクトリムシとか……、そういう虫だって」

その子は、さもこわそうに声をおとした。

「ソメヤ、そういう虫と、仲《なか》いいんだって。いつも服にくっつけて、つれて歩いてんだって」

ホントかよー。それじゃあ、学校の怪談《かいだん》じゃん、とか思ったけど、でも、ありえないことじゃない……、という気もするんだ。だって、あいつ、ホントに気持ち悪いんだもん。給食《きゅうしょく》の時には、かならず、口からなにかだしちゃうし、ナプキンに牛乳《ぎゅうにゅう》の六分《ぶん》の一はこぼすし……。

きのうなんて、もう、悲惨《ひさん》。給食のデザートに、金紙《きんがみ》につつまれたひと口サイズのチョコレートがついてたの。あたし、チョコ大すきだから、けっこう、楽しみだ

ったんだ。で、あたしが給食当番《とうばん》やって、自分の席《せき》にもどったら、サイコロ形《がた》して
た金紙が、グチャグチャに変形《へんけい》してんの。なんと、ソメヤのバカが、あたしのチョ
コをにぎってたんだよ。

思わず、「バカヤロー！」って、どなってた。

ソメヤの手の熱《ねつ》で、グチョグチョにとけたチョコレート。そんなの、気持ち悪く
って、食えるわけねーじゃん。

なんだか、あたし、最近《さいきん》、食欲《しょくよく》がどんどんなくなっていくみたい。

ソメヤのとまどい

カオルちゃんは、かっこいいよ。つよいし、かわいいし、頭もいい。

でも、ホントはね、マリナちゃんのほうがかわいいかも……。だけど、マリナちゃんは、ほかの男の子にはやさしいのに、ボクにだけやさしくないから、ボクは、カオルちゃんのほうがいいと思うの。

それでね、ホントは、カオルちゃんよりも、タケダくんやフーちゃんのほうがつよいの。でも、タケダくんは、ボクがちょっとわらっただけで、けってくるし、フーちゃんも、ボクのことけったり、足かけてつまずかせたりするから、きらい。

ふたりは、そうじのとき、いつもいじわるする。

きょうは、ぼくのズボンがはんたいだって、みんなに言いふらした。

しらなかったけど、ボク、たいいくのあとで、きがえたとき、ズボンのうしろとま

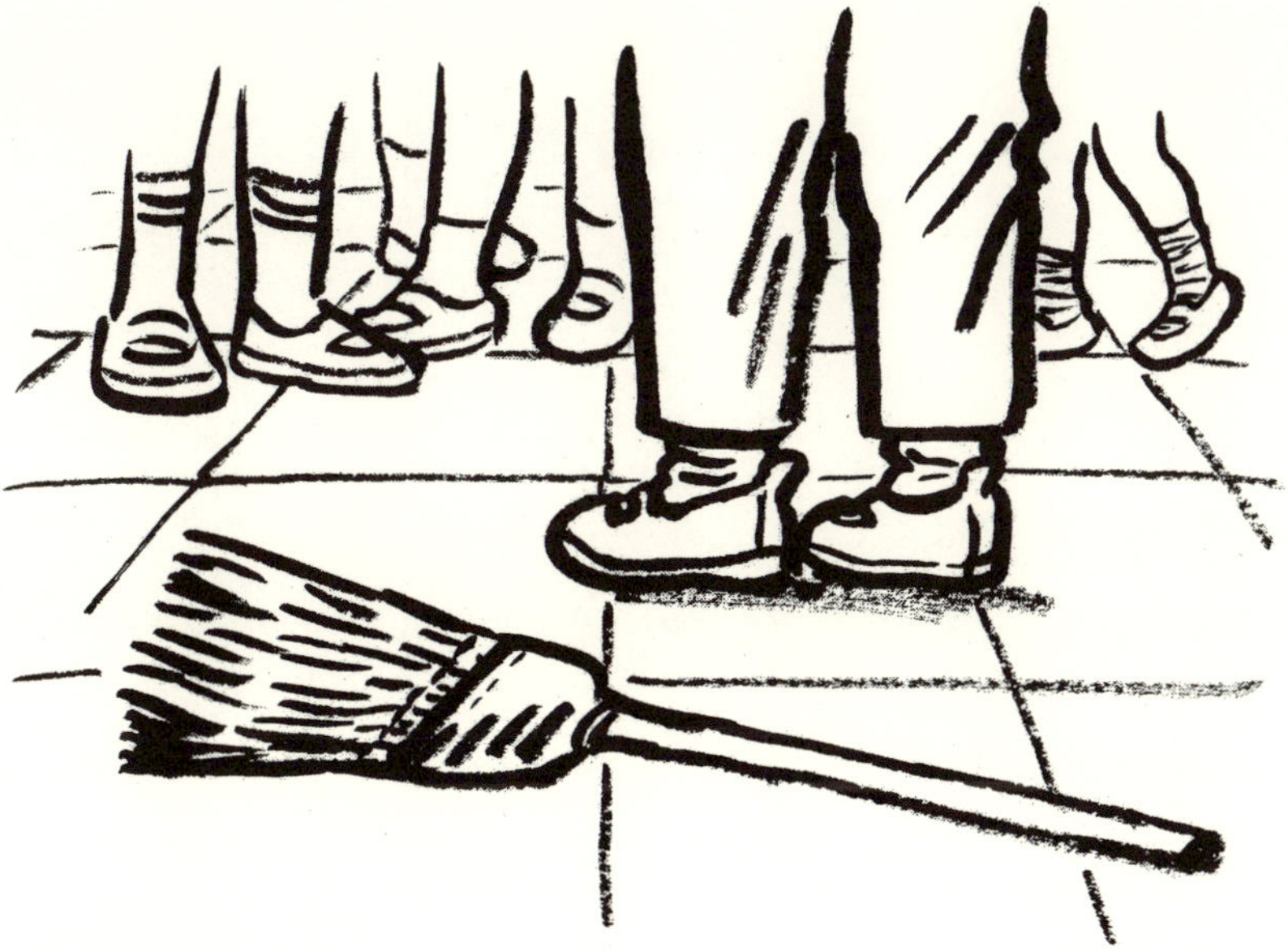

え、まちがえちゃったみたいなの。

男の子たちは、「反対だ。反対だ」ってさわいだ。

女の子たちは、みんな、わらった。だから、ボク、ないちゃったの。

そしたら、カオルちゃんが、

「泣《な》くんじゃねーよ」って言ったの。

「はきかえればいいじゃん」って。

ボクは、なきながら、カオルちゃんのことを見た。カオルちゃんも、ボクのこと、見てた。なみだで、カオルちゃんの顔がボヤけそうになったから、ボクは目をこすった。そしたら、ボクのこと、じーっと見てたカオルちゃんが、言ったの。

「おまえなー、そんなもんで、顔、こす

るんじゃねーよ。きたねーだろ」って。
ボクね、ぞうきんで、なみだふいてたんだ。
カオルちゃんがおこっても、まえみたいに、こわくない。
そのかわり、なんだか、はずかしい。
カオルちゃんが、べんきょうをおしえてくれる。カオルちゃんの声はおこってる。
「ここ、このまえ、教えたばっかだろ。なに、聞いてたんだよ」
ボクは、「そんなの、ちいてないよ」って言う。
そうすると、カオルちゃんは、
「ちいてない、じゃねーだろ。聞いてない、だろ」って、おこる。
「赤ちゃんか、おまえは」って。
そうすると、ボクは、すごくはずかしくなる。

カオルちゃんの発見

四月、最後《さいご》の金曜日は、春の遠足だった。

朝の八時に学校に集合して、バスに乗って、三浦半島《みうらはんとう》を一周《いっしゅう》してくるの。

遠足っていったって、ただ遊んでくるわけじゃないんだよ。今、ちょうど社会科で、〈わたしたちの住《す》んでいる神奈川県《かながわけん》〉のことを勉強してるから、三崎《みさき》の魚市場《うおいちば》の見学もするの。で、わかったことを、あとでグループごとに発表するんだって。

だから、あたしたちのクラスは、遠足のグループをつくることになったの。あたしのグループは、マリナにトモちゃんにナツミにフーコとあたしの、五人。

グループが決まったところで、タケダが、

「バスの席《せき》は、どーいうふうに決めんの？」って、先生に聞いたんだ。

あの時は、あたし、ドキッとしちゃったよ。もし、先生が、「教室の席のままでいいんじゃない」なんて言ったら、どうしよう、って。

遠足までソメヤがとなりだなんて、じょうだんじゃねーよ。あたし、けっこう、乗り物に弱いんだよ。もし、ソメヤがとなりだったりしたら、気持ち悪くて、ぜったい、よっちゃう。だから、先生が、「遠足のグループごとで、いいんじゃない」って、言った時は、マジでほっとした。

みんなも、もちろん、それで納得《なっとく》。いちおう、すきな子どうしで集まってたからね。ソメヤのいるグループだけは、すごいいきおいで反対してたけど。

どこのグループにもさそわれなかったソメヤを、四人しかいなかったグループに、「あなたたちのところは、人数が足りないんだから」

って、先生がむりやり押《お》しこんだの。


ソメヤのいない遠足は、すっごく楽しみだった。ホントにいないわけじゃないけどさ、となりにいないってことは、地球と月くらい、離《はな》れてるってことなんだよ。月は目に見えるけど、さわったりできないでしょ。

だから、バスに乗った時から、あたしはウキウキしてた。

でっかい冷凍《れいとう》マグロがゴロゴロしている魚市場《うおいちば》は、おもしろかったし、そのあと、魚市場の向かいに見える城《じょう》ケ《が》島《しま》に行くために、大きな橋をわたった時は、水平線まで見わたせて、めっちゃ気分《きぶん》がよかった。ずいぶん長いこと、バスに乗ってたのに、ぜんぜん、よわなかった。

城ケ島の公園で、お昼になって、みんなの前でお弁当《べんとう》を開ける時も、いつもみたいに、メゲてなかった。

あたしのお弁当の中身って、コンビニの幕《まく》の内《うち》弁当なんだ。

遠足の朝はいつも、近所のコンビニに、弁当を買いに走って、それを、自分のお弁当箱につめ直してるの。仕事でつかれてるお母さんに、早起きさせるのが悪くって、あたし、気をつかってるの。「自分でするから、いいよ」って。あたし、けっこう、気をつかう人なんだ。

とにかく、遠足のお弁当ってのはさ、注目度、高いんだよ。みんなで、おかずのとりかえっこなんかもするし。それでも、今日は気分が落ちこまないの。

「なんか、カオルちゃん、今日、テンション高ーい」

マリナが、ふしぎそうに言ったくらいだもん。

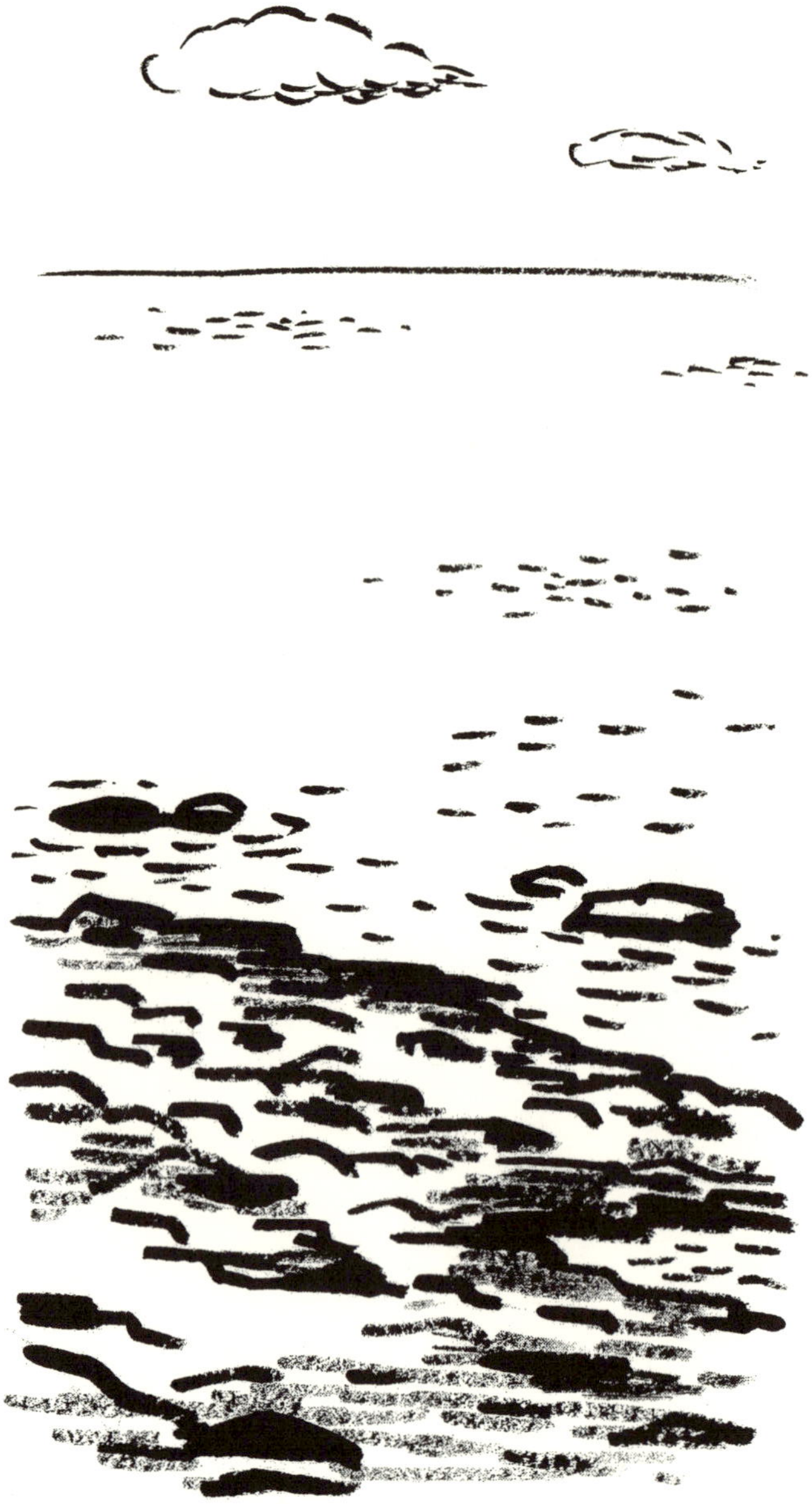

お弁当《べんとう》を食べたあとは、きた時とは反対に、三浦半島《みうらはんとう》の西側《にしがわ》をまわって、帰ることになっていた。で、その途中《とちゅう》の荒崎《あらさき》が、たった一回の自由時間。なのに、「もし、道が混《こ》んでたりして、帰りの時間におくれそうになったら、パスするからね」って、先生から言われていたので、バスが荒崎に着いた時には、思わずみんなで、「やりぃ！」さけんじゃったよ。

荒崎は、岩場のつづく海岸だった。海にそったハイキングコースを、ずっと歩いていくと、小さな入《い》り江《え》があらわれた。

お天気がよくて暑い日だったから、男の子たちは、海のなかに入っていった。

「ひざまでだよー」

先生がさけんでいたけど、大きな波がザブンときたら、いっしゅんで、みんな、ビショビショ。ビショぬれになった男の子たちは、うれしそうだった。

「いっか、着がえ、あるから」とか「こうなったら、もう、しょうがないよな」とか開き直っちゃって、今度は、大エバリでどんどん入っていくの。沖《おき》のほうに浮《う》かんでたホンダワラの束《たば》を、引っぱってくるヤツ。トドみたいに水につかってるヤツ。しまいには、ホントに泳いでるヤツもあらわれて、

「ったくもー、海水浴《かいすいよく》にきたわけじゃないのよ！」

っておこっていた先生も、そのうち、あきれて、なにも言わなくなった。

女の子たちは、そんな男の子たちを、バカじゃん、あいつら、って顔して見てる。女の子は、ふつう、服着たまま、泳いだりはしない。

あたしたちは、海岸で、貝殻《かいがら》や石を拾《ひろ》って遊んだの。

さくら貝にまき貝、二枚《にまい》貝のかたわれ。波にあらわれて、小指の爪《つめ》くらいに小さくうすくなってしまった貝殻が、虹色《にじいろ》に光っている。石もいろんなのが落ちている。ビワの種みたいにツヤツヤなコロッとした石、おはじきみたいに平べったい石。鳥がつばさをたたんで眠《ねむ》っているような形の石も、見つけた。

あっちこっちと拾い集めてるうち、気がついたら、目の前に、海に落ちこむ大きな一枚岩《いちまいいわ》がせまっていた。いつのまにか、マリナやトモちゃんたちから離《はな》れて、海岸のはずれまできてしまっていたらしい。

ふり向くと、さっきまで泳いでいた男の子たちが海からあがり、からだにタオルをまいて、着がえてるのが小さく見えた。

そろそろ、帰る時間みたい。

もどろうとした、その時、岩かげに、だれかいるのに気がついた。

ソメヤだった。

ソメヤは前かがみになって、じっと砂浜《すなはま》を見つめていた。なにかをさがしているらしい、その横顔……。こいつ、こんなに真剣《しんけん》な目つきができるんだ。あたしは、なんだか、ふしぎなものを発見してしまったような気分《きぶん》だった。いつものソメヤ……泣《な》き虫でハナクソのソメヤじゃないみたいだ。

ソメヤが、こっちを向いた。

ゲッ、思わず目を合わせちゃったよ。そしたら、ソメヤは、「見て、見て」っていうふうに、あたしのほうにビニールの袋《ふくろ》をつきだしたの。袋のなかには、貝殻がぎっしり。貝殻の間で動いているのは……カニやヤドカリ。

ふーん。こいつ、ここで、ひとりで、ずっと貝殻を拾ってたのかなー。

そしたら、いったいどうしたんだろ、気分がよかったせいなのかな。あたしは、思いがけないことをしゃべっていた。

「へー、そんなに拾ったの。ソメヤ、えらいじゃん。でも、カニやヤドカリは、海に帰してやるんだよ」

自分でも、びっくりしちゃったよ。
ソメヤもびっくりしたみたい。
しばらく、ポカンとしていたけれど、いきなり、パカッと三日月《みかづき》みたいな口にな
り、「ハーイ」なんて、まるで幼稚園《ようちえん》の子みたいなお返事。
あたしは、もう一度、びっくりした。今まで、ソメヤの顔って言えば、泣《な》いてる
か、キーキーわめいてるか、おこってるか、ブキミにニタニタしてる顔しか知らな
かったから。とにかく、こんなやわらかい笑顔《えがお》は、見たことがなかったから。
へー、ソメヤもふつうに笑うと、けっこう、見られるじゃん。

この時からなのかなー、ソメヤのあつかい方が変わってきたのは……。
そう、あたし、あつかい方がわかったんだ。あいつがキーキーわめいたり、ツバ
とばしたりするのは、頭にきた時なんだよね。
みんな、ソメヤにさわるのがいやなもんだから、あいつになにかわたす時は、投
げるじゃん。給食《きゅうしょく》のスプーンでもフォークでも、なんでもかんでも。そうする
と、あいつ、ムカつくらしいんだ。で、頭にきて、人のいやがることするわけ。キ

ーキーわめいたり、ツバとばしたり。

そうすると、ますます、うるさいし、きたないじゃん。

おとなしくさせとくには、ちゃんと、手でわたしてやればいいんだよ。

給食《きゅうしょく》の時間に、「はい、ソメヤ」って、スプーンを手わたししてやったら、すっごく、喜んじゃってさ、スプーンを頭の上にささげ持っちゃって、

「どうも、ありがとー」なんて、言ってたもん。

ソメヤってさー、言葉、意外にていねいなヤツなの。

そういえば、あいつ、だれのことも呼びすてにしないもんね。タケダやハルキのことも、年じゅうケリ入れてるフーコのことも、いつも、タケダくんにハルチくんにフーちゃん、だもんね。

あいつってさー、ふつうにあつかってやってれば、そんなにムカつくことしないの。まあ、ハナクソくっつけるのだけは、いくら言っても直んないけどね、くせだから。

スプーンを手でわたしてやったり、たまに「ソメヤ、バイバイ」とか、声かけてやったりしてれば、おとなしくしてんのよね。

まあ、時々、うっとうしいけど……。

きのうも、「あしたの給食はカレーだ！　カレーだ！」って、ソメヤがさわいでんのに、だれも相手にしてやんないから、しょうがないから、ハイハイって聞くふりしてやったんだけど……。

でも、今日のカレー、ホントにうまかったよ。

なんてことは、友だちには、ぜったい、しゃべらない。よけいなこと言って、「ソメヤは、カオルちゃんになついてるんだって」なんて、うわさになったら、いやだから。

ソメヤのけんか

きょう、ボクは、シンちゃんとけんかした。

どうして、けんかになっちゃったのか、よくわかんない。わすれちゃったの。ボクがおぼえているのは、きょうは、朝から、ずっと、頭にきてたことだけなんだ。

一時間めのたいいくは、〈大なわとび〉だったの。大なわをまわして、みんなでいっしょにとぶの。それで、みんな、しっぱいすると、ボクのせいにするんだよ。

「ソメヤのせいだ」「ソメヤの足にひっかかった」「ソメヤがノロいからだ」って。

ボクじゃないよ。……すこしはひっかけたけど……、でも、ぜんぶじゃないよ。

だから、ボク、すごーく、頭にきた。

休み時間に、ナツミちゃんがないたの。それも、ボクのせいなんだって。

日直さんだったナツミちゃんが、こくばんけしで、こくばんをふいてたら、だれかが、「その黒板消《こくばんけ》し、きのう、ソメヤがかじってたぞ」って言ったの。

そしたら、みんなが、「わー、手がくさるー」ってさわいだの。そしたら、ナツミちゃん、ないちゃったの。

ボク、きのう、日直さんだったけど、かじってないよ。だから、「かぢってないよ」って言ったのに、だれもきいてくれないの。

「ソメヤがかじった」「ソメヤがかじった」って、みんなさわぐの。

そうすると、ナツミちゃんは、もっとなくの。

みんなが、あんまり言うから、もしかしたら、かじってたのかなー……って、ボクも、だんだん。わかんなくなってきちゃって……。

でもね、すごーく頭にきた。頭がバクハツしそうなくらい、頭にきた。

だから、いちばんちかくにいたミカちゃんを、ひっぱたいたの。そうすると、すこしスッキリした。だけど、ミカちゃんまでなきだして、すごく、うるさくなっちゃった。頭がガンガンするくらい、うるさい。うるさくて、ホントに、頭がいたくなって、ボクは、キーキーってさけんだ。さけんでたら、なみだがでてきた。

しずかになったのは、「やつあたり、すんじゃねーよ！」って、カオルちゃんがどなったから。

すごく大きい声だったから、ナツミちゃんもミカちゃんも、びっくりして、なきやんだ。ボクだけがないていた。

そしたら、カオルちゃんは、おこった顔で、「ソメヤ、おまえの頭んなか、見てやろーか？　脳《のう》みそ、くさってんじゃねーの」って、言ったの。

ボクは頭にきて、カオルちゃんをぶとうとしたんだけど、カオルちゃんは、スイッって、よけた。

マリナちゃんの、「カオルちゃん、かっこいい」って、声がきこえた。

ボクは、ホントにないてた。すごく、かなしかったから。かなしくて、つらかったから。


いやなことやかなしいことが、いっぱいあったから、だから、きっと、ホントに、頭がバクハツしちゃったんだと思う。

だから、昼休みのそうじの時間に、シンちゃんとけんかになったんだ。

シンちゃんがなにを言ったのか、おぼえてないけど、でも、ボクは、シンちゃんにヨダレをつけてやったことだけは、おぼえてる。

シンちゃんはキレて、ボクのこと、なげとばした。それから、シンちゃんはボクのこと、足でゴリゴリふんだ。それから、ヨダレをボクの服でゴシゴシふいた。

ボクは、頭がバクハツしてたから、なかなかった。ボクがなかないから、シンちゃんはもっとキレて、ボクのぞうきんを、まどから外になげた。ぞうきんがさくらの木にひっかかって、ヒラヒラゆれてるのを、ボクは見た。

こんどは、ボクのこと、まどからなげるのかな、って思った。それくらい、シンちゃんの顔はこわかった。

「シンちゃん、やめて」って、だれかがさけんでた。

「やめろよ」「シンちゃん、やめな」って、大ぜいの声がきこえた。

みんな、ちょっとこわがってた。シンちゃんの顔がおにみたいで、すごく、こわかったからだと思う。

もう、学校にいたくない、おうちにかえりたい、って思ったけど、五時間めのはじまりのチャイムがなって、せんせーがきて、国語がはじまっちゃった。国語は、

〈きょうのニュース〉だったけど、ボクはもう、べんきょうなんてしたくなかった。

「ここに、四年一組の、今日のニュースを書いてみよう」

紙をくばりながら、せんせーが言ってるけど、なにをかいたらいいんだか、わかんない。ボクは、カオルちゃんのえんぴつが、カリカリうごいてるのを、ぼんやり見てた。カオルちゃんの紙は、どんどん字でいっぱいになっていく。

カオルちゃんには、きょうのニュースがいっぱいあるんだな。ボクは、頭のなかがほかのことでいっぱいで、なにも思いつかないのに。

カオルちゃんは、もう、六つもニュースをかいてしまった。いつもなら、カオルちゃんのかいたのをうつしてるボクだけど、なんか、今は、まねする気にもならない。

カオルちゃんが、七つめのニュースをかきはじめた。それは、

「ソメヤくんが、そうじの時、シンちゃんと大げんかをしました。でも、ソメヤくんは泣《な》きませんでした」だった。

ボクがびっくりしてたら、カオルちゃんは、「ソメヤくんは泣きませんでした」のよこに、えんぴつでせんをひいて、「今日、いちばんのニュースだよ」って、小さい声で言って、……それから、ボクを見て、ニコッ、ってわらったの。

カオルちゃんのうさぎ

「カオルちゃん、今日、遊べる？」

下駄箱《げたばこ》のところで上《うわ》ばきをはきかえてたら、ドヤドヤ、足音といっしょに、うしろから、キャラキャラ、にぎやかな声がおっかけてきた。

マリナとトモちゃんとフーコだった。

「遊べない」あたしの声は暗かった。「うさぎを、病院につれていかなくちゃならないから」

「へー、カオルちゃん、ウサギ、飼《か》ってたんだ」

マリナが、目玉をクルクルさせながら言った。

「飼ってないよ。うさぎって、ウチの犬の名前だもん」

あたしの声は、ますます暗い。なのに、

「マジ？」

「おもしろーい」

三人は、ケラケラ笑っている。

そんなに、おもしろいか。じゃあ、〈うさぎ〉って名前の由来《ゆらい》が、保育園《ほいくえん》のころにハマッていた『セーラームーン』の本名《ほんみょう》「うさぎ」からとった……、ってことを知ったら、もっと、おもしろがるだろうな、おまえら。

たしかに、そんな名前をつけた昔のあたしは、けっこう笑えるヤツだった。

でも、犬をほしがってたあのころの、あたしの気持ちは、真剣《しんけん》だったんだぞ。

〈おねだり〉って、あんまりしたことのなかったあたしが、「自分でめんどうみるから」って、何回も何回もおねがいして、一年生になって、やっと、子犬を買ってもらった時は、死ぬほどうれしかったんだから。

これで、やっと、いつもいっしょにいてくれる家族ができるんだ、って……。

そのうさぎの具合《ぐあい》がよくないってのに、ケラケラ笑いやがってー。

なんか、ムカつくー、こいつら。

あたしは、さっさと、くつをはきかえ、外にでた。

外は、目がチカチカするくらい、まぶしかった。空がきれい。頭のなかのゆううつの雲が、いっしゅん消えたほど、空は、思いっきり青かったの。あとからおいかけてきた三人も、思わず、見とれる青さだった。

日差《ひざ》しも、気持ちいいー。

校庭は、放課後《ほうかご》の遊びでわいている。男の子たちがランニング姿《すがた》でサッカーしてるし、アスレチックのとりでは満員《まんいん》だし、一年生はやたら走りまわってるし……。たしかに、遊ばないのがもったいないくらいの天気だなー。五月って、一年じゅうでいちばんいい季節《きせつ》なんだなー。なんて、心配ごとをほったらかして、ボーッとしてたら、

「ねえ、ちょっとだけ、ドッジ、してこーよ。だって、こんなに、気持ちいいじゃん」

マリナが、あたしの腕《うで》に自分の腕をからませてきた。なれなれしいヤツだ。

その時、フーコが、ボソッと言ったの。

「気持ちいいのは、ソメヤが休みだからだよ」って。

「言えてるー」

みんな、いきなり納得《なっとく》してる。

「そー言えば、校庭のどこからも、今日は『キャー』が聞こえないもんね」

「ソメヤ、有名だから」

「つーか、ふつう逃《に》げるだろ。ゾンビみたいで、ブキミじゃん」

「うん。ソメヤを見ても逃げないのって、なにも知らない一年生か、五、六年のこわいおねえさんたちだけだもんね」

トモちゃんとフーコとマリナが、ソメヤの話題でもりあがってる。

たしかに、両手をバタバタさせながら、女の子たちをおいかけまわしているソメヤの姿《すがた》は、ゾンビに似《に》てる、かも。

おまけに、悲鳴《ひめい》があがるたびに、ソメヤって、パワーアップするんだよ。あのうれしそうな顔。もしかしたら、あの「キャー」は、ソメヤのエネルギーになってるのかもしれない。いつも、バイキンあつかいされて、まともに、かまってもらえないから、女の子にキャーって言われるだけで、うれしいのかも。

あー、なさけねえヤツ……、って、それはそうなんだけど、でも……。

「でもさー……」口にでてしまってから、ちょっとまよったけど、でも、あたしは、言ってやることにした。「女の子たちも、さわぎすぎなんだよ。あいつはさー、こっちが逃げると、よけい、喜んでおっかけてくるんだから、逃げなきゃいいんだよ」

「えー、むりだよ、そんなのー」

視聴覚室《しちょうかくしつ》で顔面《がんめん》キック入れられてから、ソメヤの周囲《しゅうい》三メートル以内《いない》には、近づかないようにしているトモちゃんが、ものすごく、いやそうな顔をした。

「逃げないと、抱《だ》きつかれちゃうじゃん」

マリナが、〈目パチパチ光線《こうせん》〉を発射《はっしゃ》する代わりに、くちびるをとがらせた。

「だからー、抱きつかれる前に、はっきり言ってやればいいんだよ、『バカか、おまえは!』って」と、あたし。

その時、いきなり背後《はいご》から、割りこんできたでかい顔。

「ソメヤがなついてるから、そういうことが言えるんじゃん。なに言ったたって、抱きつかれる心配、ないもんね」

予告《よこく》もなしに、口をはさんだ暑苦しいデブは、マツザキだった。

マツザキは、なんだか知らないけど、昔から、いちいち、あたしに張《は》り合おうとする、すっげームカつくヤツなんだ。

当然《とうぜん》、あたしは言い返してやった。

「マツザキさんこそ、心配いらないんじゃないの。あれで、ソメヤも、いちおう、相手を選《えら》んでるから」

マリナとトモちゃんが、クスッと笑った。

マツザキは、あたしたちをギンッとにらむと、ドシドシドシと地面をならして、校庭をななめにつっきっていった。

「なに、あれ」

「えらそー」

そのうしろ姿《すがた》に向かって、マリナとトモちゃんがコソコソ言ってる。

マツザキは、ブスのくせに目立《めだ》ちたがりで、……だって、あれで、将来《しょうらい》の夢《ゆめ》が芸能人《げいのうじん》だぜ……。なぜか、いつも、えらそうだから、本人が思ってるほど人望《じんぼう》がない。つーか、はっきり言って、きらわれてる。でも、性格《せいかく》きつくてこわいから、おとなしい子たちは、けっこう、言いなりだけどね。

「……でもー、マツザキの言うこと、ちょっと当たってる、かも……」

トモちゃんが、横目で、あたしを見た。

「ソメヤって、カオルちゃんの言うことなら、けっこう、聞くじゃん」

べつに、言うこと聞かしてるわけじゃないよ。四月からずっと、となりの席《せき》でめんどうみてやった結果《けっか》、ソメヤのあつかい方がわかってきただけなんだ。

そう、あつかい方、なんだよ。ふつうに、あつかえばいいの。そんで、いやなことしてきたら、きっちり言ってやればいいの。それだけのことなの。

「そーか。カオルちゃんのせいか」いきなり、フーコが大声をだした。

「カオルちゃんがさー、親切にしてやるもんだからさー、あいつ、最近《さいきん》、調子にのってて、よくわかんない言葉でタテつくんだよ。もう、すっげえ、ムカつくー」

なんだか知らないけど、フーコが真剣《しんけん》におこっている。あたしが、「親切になんか、してねーよ」って言ってんのに、聞きゃしない。

フーコってば、ソメヤみたいなタイプが、超《ちょう》きらいなんだよね。まあ、気持ちはわかるけど……。でも、いいじゃん。どうせ、ソメヤがよくわかんない言葉でタテつくたびに、百倍にして返してるんだからさー。

そんなことより、ムカつくと、みさかいなく他人にあたる、フーコのその性格のほうが、ヤバいんじゃないかと、あたしは思うけどな。

「早く、行こ。ドッジする場所がなくなっちゃうよー」

さっきまで、いっしょになって、ソメヤの悪口言ってたマリナとトモちゃんは、すでに、逃《に》げの態勢《たいせい》に入ってる。

とにかく、こういう時のフーコとは、かかわらないのがいちばんなんだ。

そういうあたしだって、ソメヤのことなんかに、かまってるひまはないんだった。

「やっぱ、帰るわ。うさぎが心配だから」

マリナとトモちゃんにそう言って、ついでに、校庭のまんなかで、まだ、「あー、ムカつく」を連発《れんぱつ》してるフーコに、バイバイって手をふって、あたしはかけだした。

さっきまで、頭のなかは、うさぎのことでいっぱいだったのに、時々、ソメヤが割りこんでくる。なんで、こんな時に、あいつのことなんか考えなくっちゃなんないのさ。ったく、あいつらが、へんなこと言いだすから……。

あたしは、ソメヤに親切にもしてなきゃ、言うことを聞かせようとも思ってない。あたしだって、ほかの女の子たちと同じだよ。ソメヤが休みでホッとしてる、今日は、ハナクソつけられないですむかと思うと。

あたしだって、ソメヤ、きらいだもん。

ただ、フーコたちや、ソメヤが休みとわかったとたんに、机《つくえ》の上《うえ》にあがって、「うっしゃー！」と、ガッツポーズして喜んでた男の子たちほどじゃないだけで……。

ソメヤの混乱《こんらん》

カオルちゃんが、お休みしてる。このまえの水よう日からずっと。

えーと、一、二、三……七、八……、もう、八日《ようか》も、お休みしてる。

カオルちゃん、おたふくかぜなんだって。


カオルちゃんはこわいけど、でも、カオルちゃんのいない学校は、なんだか、つまんない。毎日、雨がふってて、外にもでれないから、よけいつまんない。

ボクも、おたふくかぜがうつってればいいのに。そうすれば、いっしょに、お休みできるのに。

だけど、ボクは、もう、ならないんだって。ようちえんのときに、やっちゃってるから、もう、おたふくかぜにはならないのよ、って、ママが言ったから。

カオルちゃんがお休みしてるあいだ、ボクは毎日、カオルちゃんのことを、かんがえてた。カオルちゃんのことを、思いだしてた。

べんきょうを、おしえてくれてるときのカオルちゃんは、おこってる。

でも、「バイバイ、ソメヤ」って言うときのカオルちゃんは、おこってない。

えんそくのときのカオルちゃんは、やさしかった。春のえんそくで、海に行ったとき、ボクは貝がらをいっぱいひろったの。カオルちゃんに見せたら、「へー、ソメヤ、そんなに拾《ひろ》ったの。えらいじゃん」って、ほめられたの。

それから、シンちゃんとけんかしたときは、わらってた。

ボクが、なかなかなかったから。

算数や国語のときは、カオルちゃんのことだけ、かんがえていられるけど、図工のときは、ちょっとムリだ。

きょうの図工は、えんそくでひろった貝がらや石に、色をぬって、どうぶつとか花とか、あと、とりとか、いろんなものをつくるの。せんせーが、

「貝殻《かいがら》や石がなにに見えるか、友だちと相談《そうだん》してごらん。ひとりより、いい考えが

浮《う》かぶよ」って言った。

だから、まえのせきのヒトと、つくえをくっつけて、四人で、いっしょにやることになったの。でも、ボク、こういうのきらい。だって、みんな、ボクに、「きたねーなー」とか「さわるなよー」とか言うから、ボク、頭にきて、しゅうちゅうできなくなっちゃうんだ。

ボクは毎日、「きたねー」って言われてる。

でも、なんにもしてないときに、「きたねー」って言われると、頭にくる。だから、ボクはツバをとばしてやるの。そうすると、みんな、にげる。けんかのつよいタケダくんやハルチくんも、うわーっ、てにげるから、おもしろい。

カオルちゃんも、「きたねー」って言うけど、あんまり頭にこない。

カオルちゃんが、「きたねー」って言うのは、ボクがハナクソをつけたとき。

カオルちゃんは、おこってる。ボクは、あっ、またやっちゃった、って思うけど、でも、なおんないの。手が、かってにうごいちゃうんだ。

ママは、ボクがはなほじるのは、はながわるいからよ、って言う。ボク、はなのおいしゃさんに、かよってるの。

カオルちゃんがおこるのは、ハナクソだけじゃなかったな……。

ボクが、ポロシャツのエリをかんでたら、「きたねー」って、おこった。

「そんなもん、かむんじゃねーよ。赤ちゃんか、おまえは」って。

ボクも、やめようと思うんだけど、やめられないの。きんちょうしてるときとか、いつのまにか、エリ、かんでるの。ときどき、かみすぎて、ツバでビショビショになってることもあるよ。そういうときは、ちょっとつめたい。

「おまえ、気持ち悪くないのか」って、カオルちゃんは言った。

ツバでぬれたポロシャツを見ながら、なにか、かんがえてるみたいだった。

それから、「エリがついてるから、いけないんだな」って言った。

「おまえ、明日っから、T《ティー》シャツ着てこいよ」って。

あのときボクは、カオルちゃんて、頭がいいなー、って思ったんだ。

だから、それからボクは、ずっと、Tシャツをきてる……。

「きったねーなー」

声がして、ボクは、目のまえでふうせんがわれたみたいに、びっくりしてしまった。

まえのせきのシンちゃんが、こっちをにらんでいた。

「ヨダレ、くっつくだろー」

ボクは、じぶんが、T《ティー》シャツの首のところをかんでるのに、気がついた。

シンちゃんは、すごくいやな顔をして、ボクのつくえをおした。ボクのつくえがガタッとうごいて、絵の具の水がゆれた。シンちゃんは、もう一回、おした。

ボクは、つくえといすにはさまれた。ボクが「いたいよ」って言っても、シンちゃんはやめない。どんどん、どんどん、おしてくる。ボクのいすがかたむいて、うしろのタケダくんにぶつかった。

「なにやってんだよ、てめーはよ！」タケダくんがどなった。

ボクがわるいんじゃないよ。シンちゃんがおすからだよ。

タケダくんが、ボクのことケリそうになったから、ボクはせんせーをよんだ。

「せんせー、シンちゃんがおすんです！」

シンちゃんの目が大きくふくらんで、それから、ギャーハハハって、わらいだした。なんで、なんで、わらうの。

でも、わらってるのは、シンちゃんだけじゃない。クラスのみんながわらってる。せんせーもわらってる。なんで？　なんで、せんせーもわらうの？

「せんせー！　なんで……」言いかけて、ボクは口をおさえた。わかった。

ボク、まちがえて、せんせーのこと、「カオルちゃん」「カオルちゃん！」って、よんだんだ。

シンちゃんやタケダくんが、「カオルちゃん」「カオルちゃん」って、まねしてる。みんながわらってる。ボクははずかしくて、からだじゅうがあつくなった。

「わー。赤くなった。赤くなった」

「ソメヤが赤くなった」

「わー、すきなんだ。すきなんだ」

「ソメヤは、カオルがすきなんだ」

「スチじゃない！　スチじゃない！」

ボクが言ったら、ギャーハハハが、どんどん大きくなった。

「スチじゃないよー」

ボクが言いかえすたびに、ギャーハハハが、大きくなる。

きょうしつじゅうが、ギャーハハハでゆれている。

なんで、なんで、そんなに、わらうんだよー。わかんないよー、なんでだよー。

……って、ボク、今、なんでか、やっと、気がついた。

カオルちゃんの夢《ゆめ》

熱《ねつ》がある時に見る夢は、なんで、いつも、あんなにこわいんだろう。

なにかにおいかけられて逃《に》げてたり、ブラックホールみたいなところに吸《す》いこまれたり、すごくいやな夢ばっかりだ。


あの時も、あたしは夢を見ていたの。

あたしとうさぎは、いくつもの石が組み合わさったブロックの上に、立っていた。ブロックは宙《ちゅう》に浮《う》いていて、周りはまっ暗だった。ブロックのふちが欠《か》け始めた。組み合わさった石が、バラバラ外《はず》れて落ちていくの。石はどんどん落ちてって、ブロックはどんどん小さくなる。

あたしは、うさぎを抱《だ》きしめた。ブロックは、もう、足を乗せている分《ぶん》しか残っていない。最後《さいご》の石といっしょに、あたしもうさぎも、底《そこ》なしにまっ暗ななかを落ちていくんだ。うさぎ！って、さけんで、腕《うで》のなかを見たら、うさぎがいない。さっきまで、あたしの腕のなかで、クンクン鳴いてたうさぎがいない。

……ああ、そうか。うさぎは死んじゃったんだっけ。このまえ、ジステンパーっていう病気で死んじゃったんだっけ……。

それじゃあ、あたしも、死んじゃうのかな……。あの、まっ暗ななかを落ちてって、あたしも、うさぎみたく死んじゃうのかな……、そう思った時、ひんやり、おでこになにかがふれた。

それは、手。つめたくて、やさしくて、気持ちのいい手。

ああ、お母さんの手だ……。寝《ね》てるんだか起

きてるんだかわかんない、ボーッとした頭で、今度は、お母さんの夢《ゆめ》を見ているんだ、って思ったの。

時々、目がさめる。だれかが、あたしのことを見てる。お母さんじゃない。だれだろ、この人……。でも、じきに、もうろうとしてきて、あたしはまた、眠《ねむ》ってしまう。きっと、これも夢のつづきなんだ、って思いながら。

どれだけ眠ってたんだろう……。話し声で目がさめた。お母さんと……、あたしの知らない女の人。お母さんがなにか言って、

「……時々、目をさますのですけど……、すぐまた、うつらうつらして……」

知らないだれかが答えていた。

それで、あたしは、あれが夢じゃなかったことがわかったの。

第二章

カオルちゃんの爆発《ばくはつ》

あー、ダセー。

一学期は、ぜったい休まない、って決心《けっしん》してたのに、おたふくかぜだなんて…。

二週間ぶりで学校にきてみたら、なんだか、ようすがへんだった。

教室に入ったしゅんかん、バリアにはね返されたような感じがした。

ザワザワがいっしゅん消えて、クラスのみんなが、いっせいにあたしを見て、いっせいに目をそらしたんだ。

思いがけない反応《はんのう》だったから、口からでかけていた「おはよう」の最後《さいご》のほうが、のどに引っかかった。半分かすれた「おはよう」が、みょうに静かな教室のなかを、中途半端《ちゅうとはんぱ》にただよっている。

あたしの「おはよう」に答えたのは、入り口のそばにいたトモちゃんだけだった。それも、やっと聞こえるような、小さな「はよ」で、困《こま》ったような複雑《ふくざつ》な顔。

いつもだったら、朝っぱらから「カオルちゃーん」なんて、あまったるい声をだして、ベタベタくっついてくるマリナが、あたしと目を合わせないようにしている。

なんなのさ、このふんいき。自分の席《せき》に向かって歩きながら、あたしは、バリアがそこらじゅうに張られていることに気がついた。

男の子たちは、おもしろそうな顔であたしのことを見ている。ナツミは、なんだか、泣《な》きそうな顔をしている。コソコソつっつき合っているヤツらもいる。なんだか知らないけど、フーコはガンとばしてくるし……。すっげえ、いやな感じ。

なんなんだよ、人が久《ひさ》しぶりに学校にきたってのに……。

この二週間、サイテーだったんだから。熱《ねつ》がでて、からだじゅうだるくって、ほっぺたがパンパンにはれて、ブスになっちゃって、それから、それから…、あー、もう、思いだすのもいやなくらい、サイテーなことばっかだった。

だから、早く、学校にきたかったのに。なんなんだよ、これは。

あたしは、わざと大きな音をたてて、ランドセルを机《つくえ》の上に放り投げた。その音に、とびあがったヤツ。ソメヤだ。

久《ひさ》しぶりに見るソメヤも、やっぱり、ようすがへんだった。背中《せなか》に鉄板《てっぱん》でも入れてるみたいに、からだがつっぱっている。おまけに、顔色が、みょうに青白い。

「おはよ、ソメヤ」って、言ってみたら、

「オ、オハヨ、ゴ、ゴザイ、マ、ス」なんて、まるで機械《きかい》みたいな声。

そのうち、固《かた》まってたからだが、今度はブルブルとふるえだす。

「どーしたんだよ。具合《ぐあい》でも悪いのか?」

ソメヤが、こっちに顔を向けた。半べそで、鼻水がたれていた。

「なに、泣《な》いてんだよ、おまえ」あたしのせりふは、

「あんたたち、ラブラブなんだって?」かん高い声にさえぎられた。

あたしは、声のほうをふり向いた。マツザキだった。久しぶりに見たマツザキの顔は、いつものように暑苦しかった。そして、いつもよりずっと、態度《たいど》がえらそうだった。なに言ってんだ、こいつ。あたしは、ムシしようとしたけれど、「ラブラブ~、ラブラブ~」マツザキは、しつこい。

それに、どういうわけだか、マツザキが、「ラブラブ~」って、みょうな節《ふし》をつ

けて歌うたびに、クラスのみんなが笑うんだ。笑い声はどんどん大きくなる。マツザキは、勝ちほこったように「ラブラブ～」をくり返す。

あたしは、なんだか、胸《むね》がムカムカしてきた。ムカムカは、どんどん大きくなる。あー、ホントに気分《きぶん》が悪い。

胸のなかで、いやなものが、ブクブクふくれ始める。こわいとか、さびしいとか、にくらしいとか、くやしいとか、いやな気持ちのありったけが、まっ黒なかたまりになって、胸のなかでふくれあがる。今にも、からだが破裂《はれつ》しそう。

破裂した、と思ったしゅんかん、あたしの手は動いていた。

パシーン！

自分でも意外なほど、いい音だった。その音のひびきに、しばらく、ひたっていたいくらいだった。でも、そうはいかなかったのは、三秒の時間差《さ》で、マツザキが、すごい声で泣《な》きだしたからだ。

マツザキは泣きつづけていた。息するひまがあるのか、ってくらい、すごい泣き方だった。あんまり泣き方がすごいので、だれも、なんにもしゃべらない。マツザキの泣き声だけが、ワンワンと教室にひびいている。

よくやるよなー。おまえなー、そこまでホントにいたいか？

あたしは、みょうに落ちついて、マツザキを見ていた。

ちょうどその時、先生が教室に入ってきた。

ソメヤの握手《あくしゅ》

たいくかんのうらって、ボク、にがてなの。だって、大きな木がいっぱいで、くらいんだもん。だから、いつもだったら、かけ足でとおりぬけるの。

でも、きょう、ボクの足は、はしりだすまえに、とまってしまった。じめんがグチャグチャなせいじゃない。カオルちゃんが、そこにいたからなんだ。

カオルちゃんは、たいくかんのかべにもたれて、空を見ていた。

空からは、また、雨が、ポツンポツンおちてきてる。

ボクの足は、とまったまま、うごかない。やっと、カオルちゃんを見つけたのに。

「ソメヤ、なにしてんだよ」カオルちゃんが、言った。

「さがしてたの」

「だれを」

「カオルちゃんを」

「なんで」

なんで……って。

「……カオルちゃん、二時間めがはじまっても、かえってこなかったから……」

カオルちゃんは、口のなかで、フーンと言った。

「よく、ここだって、わかったじゃん」

「きょうしつのまどから、見たの。カオルちゃんが、あるいてるのを」

「それで、おっかけてきたなんて。なんか、おまえ、犬みたいなヤツだな」

ちがう、ちがう。ボクは、首をふった。

それだけで、おっかけてきたんじゃないよ。

ボクは、言わなきゃいけないことがあったから、おっかけてきたの。

だって、ボクは、カオルちゃんにあやまらなきゃいけないから。

シされてんのは、カオルちゃんが、男の子たちにいやなこと言われたり、女の子たちにムシされてんのは、ボクのせいなんだもん。ボクが、せんせーとカオルちゃんをまちがえちゃったり、よけいなことを言っちゃったせいなんだもん。

でも、なんて言ったらいいんだろ。ボク、バカだから、どういうふうにあやまったらいいのか、わかんない。

「言っとくけどね」カオルちゃんが言った。

「あたしは、ソメヤのことなんて、すきじゃないよ」

ボクは下をむいてしまった。カオルちゃん、しってたんだ。

「ソメヤがとなりの席《せき》になってから、すごいストレスなんだから。わかる? ストレスって。ソメヤが、ストレスのもとなんだよ」

ああ、やっぱり、カオルちゃんは、おこってる。

「人の机《つくえ》の上にハナクソはつけるし。テストの答えは見るし。口から牛乳《ぎゅうにゅう》はだすし。おまけに、すぐ泣《な》くし……」

カオルちゃんの口が、〈すとれす〉のモトを、はっしゃしている。ボクはこわくて、カオルちゃんの顔が見れない。どうしよう。カオルちゃんは、きっと、ばくはつする。

はっしゃが、とまった。いよいよ、大ばくはつだ。ボクはかくごした。からだじゅうが、カチカチにかたまっている。おいしゃさんで、ちゅうしゃをうたれるときみたいに、きんちょうしている。ボクは、ギュッと目をとじた。

いくらまっても、なんにも、はじまらない。

ポツンポツンと雨つぶが、ボクの上におちてくるだけで。

ボクは、そーっと、目をあけた。

「あたしたち、……に、なろうか」

え……？

「だからさ……、あたしたち、仲間《なかま》になんない？」

ボクは、おそるおそる、顔をあげた。

カオルちゃんの目は、空のほうをむいていた。

空からは、ポツポツポツポツ、雨のつぶがおちてくる。

なかま、って言ったのかな？　なかま、ってなんだろ。

大ばくはつは、どうしたの？　もしかして、カオルちゃん、おこってないの？

いきなり、カオルちゃんがこっちをむいた。ひえー、目があっちゃったよー。ボクの目は、あっちこっちにげまわり、目といっしょに、頭もあっちこっちゆれて、手がバタバタして、足まで、かってにそこらへんをはしりまわりそう。

いつのまにか、カオルちゃんがボクのまえに立っていた。

びっくりした。ボクは、メチャメチャびっくりして、目のまえにさしだされたカオルちゃんの手を、じっと見つめてしまった。

「なにやってんだよ、握手《あくしゅ》だよ。ソメヤ、握手したことないの？」

大こんらん。大こんらん。大ばくはつじゃなかった。大こんらんだった。頭のてっぺんから足の先まで、大こんらんで、なにがなんだか、わかんない。

あ、あくしゅ、って、あくしゅ、ってあの、あくしゅ？　て、て、手と手の？

そうか、手だよね。

手をださなくっちゃ、って、どっちの手？　こっち？　あっち？
だって、ボク、あくしゅって、はじめてだから。
ボクの手がふるえている。ふるえている手の上に、雨がパタパタおちてくる。
ボクのゆび先に、カオルちゃんのゆびがふれた。
カオルちゃんは、サッとボクの手をにぎると、サッとはなした。それから、
「これで、あたしたち、仲間《なかま》だからね」と言った。

あくしゅしたままのかたちの手の上に、空から雨がおちてくる。
雨がふっている。
さくらの木に、たいいくかんのやねに、カオルちゃんの上に、ボクの上に。

カオルちゃんの決心《けっしん》

あー、あせった。

思わず、ソメヤと握手《あくしゅ》なんてしちゃったよ。あとで、手、あらっとかなくっちゃ。

なんで、仲間《なかま》になろう、なんて言ったんだろ、あたし。

……たぶん、それは……、ソメヤが、いちばんマシだったから、なのかも。

マツザキを泣《な》かしたあとで、あたしは、図書室に呼ばれたの。うちのクラスの先生は、生徒《せいと》を尋問《じんもん》する時、いつも、図書室を使うことになってたから。

「なんで、ぶったりしたの？」最初《さいしょ》に、先生はこう言った。

そんなこと聞かれたって……、ムカついたから、としか言いようがない。だけど、先生は、そんなんじゃ納得《なっとく》しない。ちゃんとした理由があるはずだ、って。先生は、なんにでも、理由があると思ってんだ。理由って、なんだよ。そんなの、わかんねーよ。わかったとしても、そんなの、言葉じゃ説明《せつめい》できない。

だから、あたしは、だまっていた。

先生は、しつこく「なんで?」って聞く。お母さんと、おんなじだ。なんで? どうして? 「カオルのために、家政婦《かせいふ》さんにきてもらったのに、どうして、そんな口のききかたをするの? なにが、気に入らないの?」って。

あたしがなんにも言わないので、先生は、ボールペンの先で、コツコツ机《つくえ》をたたき始めた。

「暴力《ぼうりょく》がいちばん悪い、ってことぐらい、わかるでしょ。カオルさんは、頭がいいんだから」

あたしは、返事をしなかった。

「らしくないなぁー。カオルさんは、もっと、もののわかった、いい子のはずだったのに」

〈いい子〉は、あたしを刺激《しげき》した。ホントにいい子なわけじゃない。そういうふうにやってただけだ。

あたしは、いつまでもだまっていた。

もうすぐ、一時間めが終わってしまう。ジリジリしてきた先生は、自分でかってに理由をつけて、それで納得《なっとく》することにしたらしい。

「きっと、病《や》みあがりで、精神的《せいしんてき》に不安定《ふあんてい》なのね、そうでしょ」

いいかげん、めんどうになってきたので、あたしはうなずくふりをした。

もういいよ、なんでも。

先生は、やれやれ、という顔になり、「とにかく、マツザキさんにあやまっときなさいよ」と言った。「いいね、あやまっとくのよ」何度も、念《ねん》をおした。

結局《けっきょく》、先生は、それが言いたかっただけなんだ。

図書室からでたら、廊下《ろうか》でトモちゃんとマリナが待っていた。

「みんな、ソメヤのせいだから」トモちゃんが言った。

「マツザキのせいなのよ」マリナが言った。

「毎日、しつこくソメヤのことをからかうもんだから、カオルちゃんとソメヤは両《りょう》思《おも》い、ってことになっちゃったんだもん」

「フーコなんか単純《たんじゅん》だから、カオルちゃんのいない間に、すっかり、マツザキのペースにハマッちゃって、カオルちゃんとソメヤはつるんでる、って信《しん》じちゃって。フーコとマツザキが組むと、けっこう、こわいから、あたしたち、なんにも言えなくて……」

言いわけはいいって、言いわけは。

「やっぱ、カオルちゃんが二週間も休んだからいけないんだよ」

で、結局、あたしのせい、かい。

「でもー、みんな、おもしろがってるだけだから、ほっとけば、そのうち、わすれちゃうよ」

トモちゃんはこう言ったが、それはあまいね。なぜなら、あたしは、ぜったい、マツザキにあやまらないから。

あたしは、今、本気《ほんき》でおこってるんだ。マツザキにも、先生にも、あんたたちにも、それから……、お母さんやお父さんにも。

熱《ねつ》が下がっても、あたしの具合《ぐあい》はよくならなかった。ベッドから起きられるようになっても、あたしの気分《きぶん》はよくならなかった。

あたしは、なにもかも、気にくわなかった。ほっぺたがパンパンにはれた、ブッサイクな自分の顔も、「おたふくかぜなんて、だれでもかかるもんだから」って、出張先《しゅっちょうさき》から一度も帰ってこなかったお父さんにも、知らない家政婦《かせいふ》さんに、あたしの看病《かんびょう》をまかせたお母さんにも。

なんで、お父さんは帰ってきてくれなかったの？　新しい会社に移《うつ》ったばかりで、すごーくいそがしい、ってことは聞いてるよ。でも、大阪《おおさか》なんてすぐそこなのに。

なんで、お母さんはついててくれなかったの？　なんで、仕事を休んでくれなかったの？　たった一日でいいのに、いちばんつらかった日だけでよかったのに。

そしたら、次の日からは、あたしはひとりでがまんできたのに。


昔っからそうだった。ふたりとも、仕事のほうが大事だった。

単身赴任《たんしんふにん》だとか出張だとか、お父さんは、いつもうちにいなかった。

あたしは、一度もお父さんと遊んだことがない。ううん、ホントは、たった一度だけあるけど、でも、あれは、あたしの人生で、サイアクの日になった。

あたしが、保育園《ほいくえん》の年長組の時。日曜日に、なにを思ったんだか、お父さんが、ドライブにつれてってくれる、って言ったんだ。あたしは、メチャクチャうれしかった。うれしくて、気がくるいそうだった。だけど、ドライブの最中《さいちゅう》にケータイが鳴って、お父さんは、そのまま仕事先に直行《ちょっこう》した。

「子どもがいるとじゃまだから、ちょっと、ここで待ってなさい」って、お父さんは、車にキイをかけてでていったの。

あたしは、たったひとりで、車のなかに残された。地下の駐車場《ちゅうしゃじょう》に、三時間も。暗くて、こわくて、さびしくて……、そのうち、おしっこもしたくなっちゃった。でも、お父さんは帰ってこない。あたしは、泣《な》くしかできなかった。

やっと、もどってきたお父さんは、あたしがおしっこをもらしてるのを見て、すごーく、いやな顔をしたの。お父さんは、泣いてるあたしよりも、よごれたシートのほうを気にしたの。

あたし、あんなにかなしかったことはなかった。

お母さんの口ぐせは、「あんたがしっかりしてるから、ホント、助かる」だった。

で、仕事がいそがしかったり、つかれてたりすると、あたしにグチをこぼした。

「ったく、男はいいわよねー。家のことや、子どものことや、なにもかも、女に押《お》しつけて。あたしだって、毎日、こんなめんどうなことに時間をとられてなきゃ、もっと、キャリアアップしてたはずなのに」

そんなにめんどうだったら、あたしなんて生まなきゃよかったじゃん、って思ったけど、だまってた。でも、だまってるだけじゃ、からだに悪いから、「人にあたるんじゃねーよ。ねえ、うさぎ」って、うさぎにグチを聞いてもらってた。

お母さんは、時々、ヒステリーもおこした。このまえ、お父さんが会社を変えた時も、かなりイカッてた。

「あの人はズルいわよ。転職《てんしょく》のたびにステップアップしちゃってさー。あたしだって、あの転勤《てんきん》の話をことわってなければ……」って、イライラしゃべりつづけてた。

そのたびに、あたしは、うさぎにグチをこぼした。うさぎは、「そんなこと、カオルちゃんに言われても困《こま》るよねぇ」って、なぐさめてくれた。

いつも、あたしのそばにいて、おっきな目で見つめてくれた。

でも、もう、そのうさぎはいない。
あたしは、がまんしてたんだ。小さい時から、ずっと、がまんしてたんだ。
自分のことは自分でやったし、かなしいことは、みんな、うさぎに話して、お父さんやお母さんには、めいわくかけないようにしてたんだ。だけど、うさぎってば
……、死んじゃったんだよ。

あたし、ずっと、いい子にしてたじゃん。お母さんやお父さんの言うとおりに、してたじゃん。わがままなんて言わなかったじゃん。
あー、もう、みーんな、やめてやる。

ソメヤのかつやく

雨があがったので、きょうのたいいくは、こうていでバスケットボールのしあいをすることになったの。

そうあたりせん、なんだって。だから、しあいの時間は五分間で、サクサクやらなきゃいけないんだって、せんせーが言ってる。


チームわけをしたら、カオルちゃんとボクだけがあまっちゃった。

ボクはいつものことだけど、カオルちゃんは、いじわるなマツザキさんに、おミソにされたんだと思う。

でも、カオルちゃんは、ぜんぜんへいきだった。

「あたしとソメヤくんで、チームつくります」

カオルちゃんが、せんせーに言ったとき、ボクはびっくりした。みんなも、びっくりして、ドヨドヨしてた。

「ふたりじゃ、試合《しあい》にならないでしょ。どこかのチームに入れてもらいなさい」

せんせーが言っても、「だいじょーぶです、あたしたちふたりで」

カオルちゃんは、つよきなの。

もしかしたら、これが、〈なかま〉になるってことなのかな。

ボクは、ちょっと、しんぱいだ。でも、クラスのみんなは、おもしろがってる。みんなが、おもしろがってるのは、マツザキさんが、「ラブラブチーム」って言ったから。

だけど、カオルちゃんが、「だまんな、ブス」って、ひくい声をだしたら、マツザキさんは、ホントにだまってしまった。

きょうのカオルちゃんは、いつもより、こわい。

〈ボンバーズ〉〈キラキラキッズ〉〈いけてるチーム〉〈ノストラダムスⅡ《ツー》〉〈のりのりピカチュウ〉。

これが、ほかのチームの名まえで、そして、ボクたちのチームは、〈かえってきたジェイソン〉。カオルちゃんがきめたの。ボクは、なんか、へんだと思うんだけど、カオルちゃんが、かっこいい名まえだって言うんだもん。

こうていでは、いちどにふたつ、しあいができるの。しあいのじゅんばんは、ジャンケンできめた。ボクは、まけますように、っておいのりした。すこしでも、あとのほうがいいから。だって、ボク、しあいって、にがてなんだもん。

でも、カオルちゃんは、だんとつで、かっちゃった。

〈かえってきたジェイソン〉の、一回戦のあいては、〈ボンバーズ〉。

ハルチくんのチームだ。つよそう。

たったふたりで、どうやってたたかうの？

ボクは、すごくしんぱいなのに、カオルちゃんは、ぜんぜん、気にしてないみたいなの。

「ねえ、なんで、ふたりだけなの？」

「仲間《なかま》だからに、決まってんだろ」

ああ、やっぱり、そうなのか。

しあいのまえに、ボクたちは、〈さくせんかいぎ〉をした。

「いい、ソメヤ。あたしが、ジャンプボールをソメヤんとこへ落とすから、ぜったい、とるんだよ」

「えー、ボク、そんなの、できないよー」

だって、ボールとったことなんて、ないもん。ドッジボールでも、サッカーでも、バスケットボールでも、ボク、今までに、いちども、ボールにさわったことがないんだもん。

「だれが、キャッチしろ、なんて言ったよ。拾《ひろ》えばいいんだよ、拾えば」

それから、カオルちゃんは、じしんまんまんで言った。

「ソメヤの近くには、だれもいないはずだから、ぜったい、拾える」

「なんで？　なんで、だれもいないの？」

カオルちゃんは、バカかおまえは、って顔をした。

「気持ち悪がって、近よってこないからに、決まってんじゃん」

ボクは、ちょっと頭にきたけど、〈なかま〉だから、がまんした。

「とにかく、いつも、相手がわのコートにいればいいから」

「こーと?」

ボクがききかえしたら、カオルちゃんは、なんか、かんがえてるみたいな顔をした。それから、小さな声で、

「……ソメヤ、……コートって、わかる?」と言った。

「自分のゴールがどっちだか、わかってる?」

ボクは、フルフルと首をふった。

カオルちゃんは、ゲッ、って顔をした。

「もしかして、おまえ……、バスケのルールを知らない、とか?」

ボクは、あやふやに首をかしげた。

カオルちゃんの顔が、あーもう、しょうがねーなー、って言ってる。

「マジかよ、ソメヤ。今まで、体育の時間になにやってたんだよ。……ったく、こんなヤツと組むのかよー」

ボクは、ホントに頭にきた。〈なかま〉って言ったのは、カオルちゃんなのに。

だから、「でも、ボク、ドリブルって、ちってるよ。シュートだって、ちってる。テレビのアニメで見たもん」って言いかえしたの。

「ハイハイハイ。えらいね、ソメヤは。知ってるだけじゃなくて、できたら、もっとえらいけどね」

言わなきゃよかった、ってボクは思った。

早くしろよ、五分しかないんだぞー、って、ボンバーズのヒトたちが、こっち見て、どなってる。

カオルちゃんの顔が、キリキリって、ひきしまった。

「とにかく、あいつらのコートはあっちで、ソメヤは、いつも、あっちがわにいて、とんできたボールを拾《ひろ》えばいいんだよ。あとは、あたしがなんとかするから」

言いたいことだけ言って、カオルちゃんは、はしってっちゃった。

バスケットボールなんて、ホントはやりたくない。だけど、ボクは、カオルちゃんのあとについて、かけだした。〈コート〉のイミはわかったし、それに、ひろうぐらいなら、ボクにもできるかもしれないし。


しあいがはじまった。

「ハルキー。負けたら、恥《はじ》だぞー」

けんぶつしてるヒトたちが、さわいでる。

コートのまんなかでは、カオルちゃんとハルチくんが、むかいあっている。そのまわりを、ボンバーズのみんなが、かこんでいるけど、カオルちゃんの言ったとおり、ボクのそばには、だれもいない。ボクのまわりだけ、ポッカリあいてる。

ピーッ。

ふえがなって、ボールがあがった。カオルちゃんのほうが、頭ひとつぶん、ジャンプがたかい。カオルちゃんのうったボールは、ボクの頭をこえておち、コロコロころがっていく。ボクはむちゅうではしって、ボールをひろった。ゴールは、すぐそこだった。カオルちゃんが、すごいいきおいで、はしってきた。すぐうしろを、ハルチくんがおいかけてくる。今にも、おいつかれそう。はやく、はやく、カオルちゃんにボールをわたさなくっちゃ。

そのとき、ワーッと、かんせいがあがった。

「ソメヤが歩いた！　ソメヤが歩いた！」

けんぶつのヒトたちが、ワーワー言ってる。わらってるヒトもいる。

なに？　なに？　なんなの。

「バーカ」

ハルチくんが、ボクの手から、ボールをひったくった。

なんで、ボールをとるの？　なんで、みんなは、そんなにわらうの？

なにがなんだか、わかんないよー。

「ソメヤ、おまえ、すごすぎ……」

カオルちゃんまで、わらってる。

ごまかしてるけど、あれは、ぜったい、わらってる。口のはじが、ヒクヒクうごいてるもん。ひどいよ、カオルちゃん。〈なかま〉だって言ったのに……。

「知らなかっただろーけど……」

カオルちゃんは、ププププッってわらいながら、言った。

「ボールを持って三歩《ぽ》以《い》上《じょう》歩くと、反則《はんそく》なんだよ」

そ、そうだったの……。それで、みんな、わらってたの。ボールをとられちゃったのも、ボクがしっぱいしたから……。ボクのせいなんだ。カオルちゃん、ごめんね。

わらってるけど、ホントは、おこってるよね？　ごめんね、ごめんね、ごめんね。

カオルちゃんは、おこってなかった。しょうがねーなー、って顔をして、

「そんなんで、泣《な》くか、ふつう。とり返せばいいことじゃん」

あっさり、言っただけだった。

ボンバーズのこうげきは、はじまっていたけれど、ボクたちのほうは、まだ、〈さくせんかいぎ・その二〉のさいちゅうだった。

「いい、ソメヤ。あたしがロングパスするから、ソメヤはここにいて、拾《ひろ》うんだよ。拾ったら、今度は、ぜったい、動いちゃダメだよ」

「ねえ、カオルちゃん。ボール、もう、あっちにいっちゃったよ」

ボクは、しんぱいになってきた。

「だいじょうぶ」

カオルちゃんは、まだ、よゆうだった。

「小学生のバスケなんて、チョロいんだから」

カオルちゃんは、あいかわらず、じしんまんまんだった。

「ボンバーズで使えるヤツは、ハルキだけなんだから、あいつさえマークしてれば、楽勝《らくしょう》なんだよ」

そう言ってから、カオルちゃんはダッシュした。

カオルちゃんの言うとおりだった。

じっと見てたら、ボンバーズは、ボールを、ボロボロおとすんだ。なかなかゴールにたどりつけなくて、ハルチくんが、「オレにまわせ」ってどなってる。

なんだか、ふしぎなかんじ。

今まで、ボクは、みんながへただなんてこと、かんがえたこともなかったから。

ボク、たいくは、いつもおミソだったから、ボクだけが、へたなんだって思ってたけど、もしかしたら、みんなも、けっこう、へたなのかも……。

シュートがなかなかはいらなくて、ボンバーズはゴール下で、まだ、大さわぎしてる。ボールがおちてくるたびに、いっぱい手がのびてる。

あっ、カオルちゃんがボールをとった。

「ソメヤーッ！ いったよ！」

カオルちゃんの声といっしょに、ボールがとんできた。

へー、これが、ロングパスって言うんだ…、なんて、思ってるひまはなかった。

カオルちゃんのロングパスは、すごいスピードだったから。

ボクは、むちゅうで、ボールをおいかけた。もうすこしで、コートの外にでちゃうところだった。ボールはとめたけど、ころんじゃった。いたいよー、ヒザをうっちゃったよー。

ドッドッドッドッ、みんなが、はしってきた。ボクのところにおしよせてきた。いたーい。だれだよ、ボクのことふんでるのは。いたいよ、いたいよ、いたいよ。

「ソメヤ！」

カオルちゃんの声がした。

その声にむかって、ボクは、ひっしでボールをだした。

たくさんの足のあいだから、カオルちゃんがシュートするのが、見えた。すごく、きれいなシュートだった。

ネットが、ユラユラゆれている。みんなが、ザワザワざわめいている。

カオルちゃんがふりむいて、「ソメヤ、えらかったぞ」って言ってる。

え、えらい？　ホントに、ボク、えらい？

カオルちゃんの作戦《さくせん》

作戦がバレた。ソメヤはマークされてる。それも、四人に。

まあ、二回もつづけて点をとられたら、ふつう、気づくよな。信《しん》じらんないことだけど、あのあと、ジェイソンチームは、もう一本、シュートを決めちゃったのさ。ホント、ソメヤは役にたつ、予想以上《いじょう》に。だれだって、ソメヤのそばには近よりたくない。とくに女の子は、ソメヤがボールを持ってるかぎり、ぜったい、さわらない。おまけに、ボンバーズは、ハルキとシンちゃんのほかは、全部女子、ってチームなんだよねー。

ソメヤのブキミさは戦力《せんりょく》になる、ってことに気がついたあたしは、なんて頭がいいんだろ。

それにしても、こんな、動きの超《ちょう》トロいヤツに四人もつけるなんて、ハルキも思いきったよなー。まあ、ソメヤをフリーにさせちゃいけない、ってことがわかっても、ソメヤのマークはひとりじゃムリだからなー。だって、みんな腰《こし》が引けてるんだもん。ベッタリ張りつけないなら、包囲《ほうい》するしかないもんね。

とにかく、これで、あたしは、パスがだせなくなってしまった。

ハルキ、あたしとタイマン張る気らしい。上等じゃん、って言いたいところだけど、こいつとマジでやり合うのは、ちょっときつい。ハルキ、けっこう、ドリブルうまいし、まだ、ワンゴールも入れてないから、かなりムキッてるし。

ハルキのドリブルシュートが決まって、

「よっしゃー！ 逆転《ぎゃくてん》だー」シンちゃんがさわいでる。

シンちゃんには悪いけど、逆転《それ》はないね。こっちも、負けるつもりはないんだから。この試合《しあい》に勝ったいきおいで、次の〈キラキラキッズ〉戦《せん》で、マツザキをボコボコにしてやるんだから。

校舎《こうしゃ》の時計を見たら、残り時間は、一分ちょっとだった。このまま逃《に》げきるためには、もう少し、ソメヤに働《はたら》いてもらわなくっちゃ。

そう、まだ、こっちには、最後《さいご》の手段《しゅだん》があるんだよ。

「次、走りな」あたしは、ソメヤに耳うちした。

「女の子をおいかけるんだよ」

「なんでー」と、ソメヤが言った。

「カオルちゃん、そういうのいけない、って言ってたのに」

こいつって、時々、めんどう。

「だれも、抱《だ》きつけ、なんて言ってないじゃん。走れって、言ってるだけじゃん」

ソメヤは、ちょっと疑《うたが》ってるみたいで、「それも、さくせん？」と首をかしげた。

「そう、作戦《さくせん》。作戦その三」


これが、バスケの試合《しあい》だとは、とても思えない。

ソメヤが、ゾンビみたいに手をバタバタさせながら、走りまわっている。女の子たちがキャーキャー逃《に》げまわっている。ヨダレをつけられたことのあるシンちゃんは、そんなソメヤに手がだせない。みんながメチャクチャに動きまわるもんだから、ハルキは、まともにドリブルができない。だから、かんたんにカットできる。

「いけ！　ソメヤ」あたしが言うたびに、ソメヤは、ウヘヘェ～なんて、気持ち悪い声といっしょに、パワーアップする。

そうだ、ソメヤ。そのブキミさが、おまえの最大《さいだい》の武器《ぶき》なんだから。……なんだか、あたし、無敵合体《むてきがったい》ロボを操縦《そうじゅう》してるみたいな気分《きぶん》だよ。いい気分。

こんな気分、すっげー久《ひさ》しぶり。

「おめーら、きたねーぞ」ハルキは、今にもぶちぎれそう。

そんなハルキに、あたしは心のなかで言ってやった。

そーだよ。あたし、これから、すげー悪いヤツになるんだもん。

ピーッ！　ホイッスルが鳴って、ジェイソンチームは二点差《さ》で逃げきった。

「ヘイ！　ソメヤ」あたしが手をあげてんのに、ソメヤったら、ボーッとしてんの。

「ったく、ダセーなあ、おまえは。こーいう時は、パンッ！　って手を合わせるんだよ」教えてやったら、まっ赤になってんの。

へんなヤツ。へんなヤツだけど、でも、こいつ、ホントに役にたつ。

赤い顔でボーッとしているソメヤの背中《せなか》を、ポンっとたたいて、

「で、次の試合の作戦なんだけどさー」あたしは、ささやいた。

ソメヤのしあわせ

ボクは、毎日、カオルちゃんを見ている。

ボクたちは、いつも、いっしょなの。ボクたちは〈なかま〉だから。

そうなの、ボクとカオルちゃんは、なかまになったの。

理科のじっけんも、おなじはん。ボク、じっけん、はじめてなの。今まで、やったことなかったの。みんなに、「ソメヤは、さわるな」って言われてたから。

でも、じっけんって、ちょっとこわい。このまえ、ヤケドしちゃったし。

「アルコールランプに、火をつけといて」

カオルちゃんに言われたとき、ボクはマッチ箱《ばこ》をもって、ウロウロしてた。

「ソメヤ、早くー」

あわてて、マッチを一本とりだして、箱《はこ》のよこの、ちゃ色いところでこすってみたけど、火はつかない。なんどやっても、つかない。カオルちゃんが、なにやってんだよーおまえはー、って、顔してる。ボクは、あせる。

ボクね、ホントは、それまで、マッチ、さわったことがなかったから、すごくこわかったの。でも、もっと、つよくこすらなくっちゃダメなんだ、って、ゆうきをだして、じくの先のほうをもって、力を入れたら、マッチがボッって火をふいて、ゆびにも火がついちゃった。あつくて、なみだがでた。

「ったく、おまえはー……」

あきれかえったカオルちゃんが、あとは、ぜんぶ、やってくれた。

カオルちゃんは、なんでも、かんたんにできちゃうの。さっさと、アルコールランプに火をつけちゃって、ビーカーのお水をあっためちゃって、いちばんさいしょに、お水がふっとうしたのは、ボクたちのはんだった。

ワーイ、ボクたちがいちばんだー、って思ったけど、よくかんがえてみたら、ボクは、カオルちゃんのやることを見てただけだった。

図工で、〈友だちの顔〉をかくことになったときは、カオルちゃんはボクをかいてくれた。すごく、うれしかった。だから、ボクも、いっしょうけんめいに、カオルちゃんを見て、心をこめてかいたんだ。

カオルちゃんのかいたボクは、ピンク色のホッペタをしていた。T《ティー》シャツの青い色も、きれいだった。目が、ボクににてると思った。

でも、ボクのかいたカオルちゃんは、絵の具をぬればぬるほど、色がまざっちゃって、きれいじゃなくなっていくの。

「似《に》てねー」って、カオルちゃんに言われた。「おまえ、ほんっと、へたなー」って。

ボクも、そう思った。そうなの、ボク、〈え〉もへたなの。カオルちゃんは、なんでもじょうずなのにね。なんでもできるのにね、べんきょうも、たいいくも。

カオルちゃんは、バスケットボールもドッジボールも、すごくうまい。だから、ボクたちのチームは、けっこう、つよい。

カオルちゃんがボールをもったら、ホントにすごいよ。びっくりするよ。どんなマークも、ドリブルでとっぱしちゃうから。ボクには、まるで、ボールのほうが、カオルちゃんにくっついてくるみたいに、見えちゃうもん。

シュートだって、じょうず。ドリブルシュートも、外がわからのシュートも。だから、カオルちゃんをとめるには、ファウルするしかないんだ。

えへへ……。ボクね、バスケのルール、もうわかるの。おにいちゃんにおそわって、おぼえたんだよ。

ドッジのカオルちゃんも、かっこいいよ。どんなボールでもとれるの。ハルチくんやタケダくんのなげる、あたったら、なみだがでるくらい、いたいボールも。

カオルちゃんを見てると、ボクは、うっとりしてしまう。いつまでもいつまでも、見ていたい。でも、そのうち、なんだか、なさけなくなる。カオルちゃんにくらべたら、じぶんがあんまりへただから。

それでも、カオルちゃんは、

「ソメヤは、けっこう役にたってる」って言ってくれる。

なぜって、女の子たちは、ボクがさわったボールに、ぜったい、さわろうとしないし、男の子たちは、ドッジボールで、ボクにあてようとしないから。ボクにあてると、ボールにバイキンがうつるから、なんだって。

あんまり、うれしくないけど、でも、カオルちゃんのやくにたってるなら、それでもいいや。でも、ほかには、あんまり、やくにたってないな。だから、けんかのときぐらいは、がんばらなくっちゃ。

カオルちゃんはね、このごろ、しょっちゅう、けんかするの。じぶんから、うるときもあるし、かうときもある。ボクのけんかを、かってくれるときもある。

ボクが、このまえ、ろうかで、「れいとうビーム！　ビビビビビッ！」をやってたら、とおりがかりのフーちゃんたちが、

「ソメヤ、おまえ、最近《さいきん》、調子のってんじゃね」って、けんかうってきたの。チョーシにのってるのかどうか、ボク、よくわかんない。だから、

「ちらないよ」って言ったの。

「ちらない、じゃねーだろ」

フーちゃんが言った。

「おまえ、最近、はしゃぎすぎなんだよ」マッザキさんも言った。

「なにが、ビビビビビッだよ。うれしがってんじゃねーよ」

そっか、うれしがってることが、チョーシにのってることなのか。じゃあ、チョーシにのってるって、たのしいことなんだ。だって、ボク、このごろ、毎日、うれしいんだもん。こんなにうれしいの、生まれてはじめてみたいな気がするんだもん。

そのうち、だんだん、ボクたちのまわりに、ヒトがあつまってきたの。タケダくんやシンちゃんやハルチくんたちが。

「なにやってんだよ」

「ソメヤが、ビーム、発射《はっしゃ》したんだってよ」

「おまえ、幼稚園児《ようちえんじ》か?」

タケダくんたちが、ボクにケリをいれてくる。ボクはヒーッって、なく。カオルちゃんにきこえるくらいの声で。カオルちゃんがきてくれるくらい、大きな声で。


カオルちゃんは、けんかもつよい。わるぐちじゃあ、だれもかなわない。

カオルちゃんに「ブス」って言われると、マツザキさんは、なにも言えなくなる。「ハゲ」って言われると、あのタケダくんも、かたまっちゃう。

カオルちゃんのこうげきは、どうして、こんなにすごいんだろ。

「ホントのことだからだよ」って、カオルちゃんは言う。

イミがわかんなくて、ボーッとしてたら、

「だれだって、いちばんの弱点《じゃくてん》をつかれたら、すっげえダメージじゃん」

っておしえてくれた。

よくわかんないけど、〈だめーじ〉って、いたそう。

カオルちゃんに〈だめーじ〉やられたヒトたちは、〈だめーじ〉やりかえそうとするんだけど、カオルちゃんのじゃくてんが、わかんないの。それで、たいてい、「ソメヤ菌《きん》」とか、言いかえすの。ボクと、いつも、いっしょにいるカオルちゃんには、ボクのバイキンがうつってる、ってイミなの。

でも、それ、ぜんぜん〈だめーじ〉じゃないの。カオルちゃんは、ぜんぜん、へいきなの。カオルちゃんはカオルちゃんで、ボクじゃないから。

カオルちゃんはフフンってわらって、ボクを見る。よゆうの顔で、ボクに言う。

「いけ！　ソメヤ」

カオルちゃんに「いけ！　ソメヤ」って言われると、ボクは、なんだか、きゅうにつよくなった気がするの。

ボクは、ムチャクチャ、りょううでをふりまわしてた。

タケダくんたちは、「おっ、やんのか、テメー」とか、「でた、ソメヤのジャイアンパンチ」とか、バカにしながら、上《うわ》ばきでゲシゲシけってくる。いたい。いたいよ。

そのとき、

「おまえ、なに、泣《な》いてんだよ」

うしろで、カオルちゃんの声がしたの。

カオルちゃんがきてくれたんだ。

「いけ！ ソメヤ」だ。

ぼくは、いきなり、つよきになる。

ゴシゴシ、なみだをふいて、そして、ウヘヘヘ〜ってわらいながら、バカにしてたヒトたちに、むかっていく。そんで、だきついてやるの。だきつきまくるの。

そうすると、みんな、ギャーって、にげていく。にげてったろうかのむこうから、「ソメヤ菌！」とか、「ゾンビ！」とか、

どなってる。

でも、ボクのかちだね、みんな、にげだしたんだから。

「えらい？　ねっ、ボク、えらい？」

「えらいよ」

カオルちゃんはほめてくれる。

「でも、腕《うで》ふりまわすのは、やめたほうがいいかも。どうせ当たんないんだから」

カオルちゃんは、けんかのやりかたも、おしえてくれる。

けんかっていうのは、頭をつかってやるもんなんだって。頭をつかう、っていうのは、じぶんのブキと、あいてのじゃくてんを、しることなんだって。

カオルちゃんは、ボクのじゃくてんも、おしえてくれた。「ちょー弱いとこ」って。すごくわかりやすかった。それから、ブキもおしえてくれた。

「そのブキミさが、ソメヤの武器《ぶき》」って。

ボク、それまでしらなかったの、じぶんにブキがあるなんて。

「でも、相手が本気《ほんき》の時は、そんなの通用しないけどね」

「じゃあ、ホンキのあいてには？」

「うーん……。ソメヤは、弱いからなー」カオルちゃんは、かんがえる。

「まあ、マジでヤバくなったら、最終兵器《さいしゅうへいき》かなぁ……」

うん、わかった。もし、〈ブキミこうげき〉がきかなかったら、〈ヨダレこうげき〉にすればいいんだね。

カオルちゃんと〈なかま〉になってから、ボクは、つよくなった気がする。きっと、カオルちゃんのつよさが、ボクにうつったんだ。カオルちゃんは、ホントにつよいもん。じゃくてんがなんにもないくらいに、つよいもん。


ボクはたのしい。毎日、すごくたのしい。たのしいから、チョーシにのっている。

カオルちゃんの快感《かいかん》

ソメヤって、おもしろーい。

なんでも言うこと聞くし、けんかの時は、あたしの武器《ぶき》になるし。

なんだか、よくわかんないけど、あたし、あいつといっしょだと、なんだってやれちゃう気がするんだ。

なんかさー、〈ポケモンマスター〉になったような気分《きぶん》。気持ちいいんだよー、ソメヤを使ってあばれたり、けんかしたりすんのって。ホント、すっげー気持ちいー。

あたし、今まで、知らなかった。けんかしたり、先生にさからったりすることが、こんなに気持ちいいなんて。

ホント、ソメヤとつるんで、正解《せいかい》だった。あたし、あいつを使って、どうどう、クラスじゅうを敵《てき》にまわしちゃってるもんね。自分で言うのもなんだけど、こういうの、最強《さいきょう》タッグって言うんじゃないの。

あたしは、もう、すきにやるの。だれに、なんて思われたってへいきなの。お母さんの言うことも、お父さんの言うことも、先生の言うことも聞かない。友だちなんていらない。

もう二度と、いい子なんか、やんないもんね。

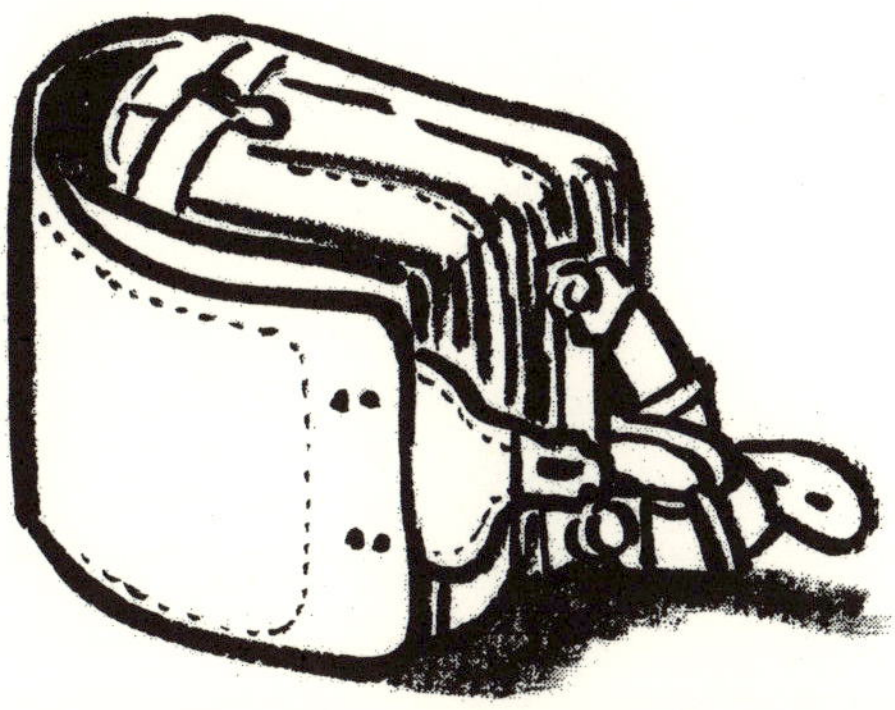

ソメヤの逆襲《ぎゃくしゅう》

カオルちゃんが、おこった。なにを言われても、よゆうだったカオルちゃんが、キレちゃった。カオルちゃんにも、じゃくてんがあったんだ。

二時間めがおわったあとの、休み時間のことだった。カオルちゃんは、タケダくんたちに、ケンカをうられていた。きっかけがなんだったのか、おぼえてないけど、カオルちゃんのわる口こうげきは、いつものようにムテキだった。

カオルちゃんは、いつものように、よゆうだった。

タケダくんが、こう言いかえすまでは。

「つるせー。おまえなんか、遠足の弁当《べんとう》もつくってもらえないくせに」

そのしゅんかん、カオルちゃんのズツキが、タケダくんの顔にめいちゅうしてたんだ。ふっとばされたタケダくんは、つくえに、げきとつした。つくえといすが、すごい音をたてて、たおれた。きょうしつじゅうに、ひめいがあがった。

カオルちゃんが、たおれているタケダくんにとびかかって、とっくみあいになった。タケダくんの顔は、はなぢでまっ赤になっていた。カオルちゃんの顔や服に、ちがとんでいた。

女の子たちが、キャーキャーさけんでる。男の子たちは、ふたりをひきはなそうとして、カオルちゃんのうでや服をひっぱっている。

タケダくんの顔に、カオルちゃんのズツキが、また、いっぱつはいった。とめにはいったシンちゃんが、カオルちゃんになぐられた。キレたシンちゃんは、カオルちゃんのせなかに、ケリをいれた。おこったカオルちゃんに、ほかのだれかがひっかかれた。

それから先は、もう、なにがなんだか、わかんなくなってしまった。

カオルちゃんが、メチャクチャになっている。カオルちゃんがたいへんだ。カオルちゃんをたすけなくっちゃ。

ボクは、ヨダレをつけるぞー！　って、どなった。カオルちゃんの首をしめていた子が、びっくりして、とびのいたけど、ひとりぐらい、いなくなっても、なんにもかわんない。みんなが、カオルちゃんの上におしよせている。みんなの足や手が、カオルちゃんにおそいかかっている。

ヨダレをつけるぞー！　もっと大きな声でどなったけど、みんな、こうふんして、ボクの声なんかきこえないんだ。

どうしたらいいんだろう。どうしたらいいの。ひどいよー。

たったひとりに、こんなにおおぜいで。

カオルちゃんのかみのけを、ひっぱっている子をぶったら、ボクは、はんたいにつきとばされてしまった。ボクの力じゃ、どうしようもない。

カオルちゃんが、しんじゃうよー。

ボクは、キーキーさけんでいた。じぶんの声で、頭がおかしくなってきた。

頭のせんがきれそうだった。

カオルちゃん！　カオルちゃん！　カオルちゃん！

それから先は、むちゅうで、あんまり、よくおぼえてないの。

気がついたら、つくえがいっぱいころがっていて、みんながないていて、カオルちゃんとタケダくんは、ちだらけで、ボクは、せんせーに、りょううでをおさえられていた。

「ソメヤが、やったの」マツザキさんが、ボクをゆびさしている。

「つくえをなげたのは、ソメヤです」

カオルちゃんの痛《いた》み

タケダとあたしは、病院につれていかれた。

血だらけのあたしたちを見て、看護師《かんごし》さんはびっくりしてたけど、おじいさんのお医者さんは、「こりゃまた、はでにやったもんだ」って、言っただけだった。

タケダは顔色がまっ白で、今にも死にそうだったけど、鼻血のですぎとショックのせいだから、「しばらく安静《あんせい》にしてれば、だいじょうぶ」と言われた。

あたしは、からだじゅうがズキズキしてたけど、右腕《みぎうで》の骨《ほね》の関節《かんせつ》が外《はず》れていたのと、あとは、ただの打《だ》ぼくとひっかき傷《きず》だった。外れた関節は、お医者さんが入れてくれた。すっごく、いたかったけどね。でも、アザは、一、二週間は残るので、

「しばらくは、顔もからだも、もようつきだぞ」って言われた。

おじいさんのお医者さんは、あたしとタケダの傷を消毒《しょうどく》しながら、

「けんかもいいけど、ほどほどにしときなさいよ」

あいかわらず、のんびりとしゃべっていた。

「当たりどころが悪ければ、ぼうやのほうは、鼻の骨がおれてるところだったし、おじょうちゃんだって、脱臼《だっきゅう》くらいじゃすまなかったぞ」

ショックで、半分死んでるタケダからは、反応《はんのう》がなかったけど、あたしは、コックリうなずいた。

でも、あたしがすなおだったのは、ここまでだった。

病院にかけつけてきたタケダのお母さんが、待合室でわめいてる声が聞こえてきたからだ。先生もなにかしゃべっていたけど、タケダのお母さんの声の迫力《はくりょく》の前では、ほとんど寝言《ねごと》にしか聞こえない。

あたしたちが診察室《しんさつしつ》からでてきたとたん、タケダのお母さんはダッシュした。すごい反射神経《はんしゃしんけい》だった。

タケダにしがみついたお母さんは、かわいそうに、かわいそうにと、自分の子をなでまわしてから、あたしをギッとにらんだ。けど、いっしゅん引いて、そのまま、なにも言わなかった。あたしの顔のせいだと思う。

鏡《かがみ》を見てないからわかんないけど、あたしの顔、ひどいことになってんだろうな。

タケダは、お母さんに抱《だ》かれるようにして、外に待たせてあったタクシーで、家に帰っていった。

あたしに、むかえがないことは、わかっていた。お母さんはいそがしいんだから。それに、……そんなことは、ぜったい、ありえないことだけど……、もし、むかえにきてくれたとしても、会社から病院まで二時間はかかる。

先生が送ってくれるって言ったけど、あたしは首をふった。

「そういうわけには、いかないの」先生が、ため息をつく。

「あたし、ひとりで、帰れる」

「聞き分けがないなー」

先生はしつこい。

「ひとりで、帰りたいの」

「あのねー」先生は、あたしの腕《うで》をギュッとつかんだ。

「ケガ人をひとりで帰して、なにかあったら、わたしの責任《せきにん》になっちゃうでしょ」

「いいって、言ってんじゃん！」

先生の手をはらった。ズキンッ。いたみが走った。

「ほら、いたいんじゃないの」

先生の声が大きくなった。

「うるせー、ババア！」

さけんで、病院をとびだした。


あたしは、ひとりで帰りたいの。ホントに、ひとりになりたかったの。くやしくて、泣《な》きそうだったから。

くやしいよ、タケダに弁当《べんとう》のこと言われたくらいで、それくらいのことでキレちゃった自分が。な

さけないよ、タケダのお母さんを見たくらいで、泣《な》きそうになってる自分が。
他人に、泣き顔は見られたくない。あたしは、そういう子どもなの。

ソメヤのかなしみ

いそがなくっちゃ。ボクは、学校からうちまで、はしりつづけた。

せなかで、ランドセルが、ボンボンはねてる。


びょういんから、かえってきたせんせーは、すごーく、きげんがわるかったの。口をあけたとたんに、おこりまくってた。

せんせーはおこった。つくえをなげたボクと、おおぜいで、カオルちゃんにひどいことをした男の子たちを。

ボク、なみだがでちゃったよ。

おこられたからじゃないの。うれしかったからなの。だって、ボク、カオルちゃんがしんじゃったら、どうしようって、ホントにしんぱいだったから。あんなに、ボコボコにやられたら、ボクだったら、ぜったい、しんじゃうよー。

よかった、カオルちゃんが生きてて……。

でも、よく、かんがえたら、ちっとも、よくない。だって、カオルちゃん、うでのほねのカンセツっていうのが、ぬけちゃったんでしょ。いたそうだよー。かわいそうだよー。それで、ボクは、また、ないちゃったの。

いっぱい、ないたから、はなみずが、いっぱいでちゃった。シンちゃんがふりむいて、「きったねーなー」って、にらんだから、ワザと、ズルズルしてとばしてやったら、シンちゃんはヒエーッってさけんで、いすからおっこっちゃった。

みんながわらって、それで、せんせーは、もっとおこった。

カンカンになったせんせーは、けんかを見ていただけの女の子たちのことも、おこった。おこるヒトがいなくなっちゃっても、せんせーはおこってる。

せんせーって、いちどおこると、とまんなくなっちゃうんだ。

でも、ボクは、せんせーの言うことなんか、なにもきいてなかった。カオルちゃんにあいたい。学校がおわったら、すぐ、カオルちゃんちに行こう。そればかり、かんがえてた。

でも、カオルちゃんちって、どこにあるのかな。ボク、しらなかったんだっけ。マリナちゃんたちに、おしえてもらおうかな……。やめた。そんなことしたら、また、みんなにからかわれちゃう。そうだ、ママにきこう。クラスの〈れんらくもう〉を見れば、ママならきっと、わかるよね。

だから、ボクは、はやく学校がおわんないかと、そればっかり、かんがえてた。

あせびっしょりで、うちについて、げんかんをあけたら、ママがおでかけのかっこうで、ボクをまっていた。

ママは、ボクを見るなり、しゃべりはじめた。ボクに、さいしょのひとことも言わせずに。

ママは、すごくコーフンしてた。ママ、きょうのことをぜんぶしってたの。せんせーから、おでんわがあったんだって。

「でも、ママは、ノリオちゃんを信《しん》じてるから。ノリオちゃんが、そんなに乱暴《らんぼう》な子じゃないって、ママはわかってるから」って、なんどもなんども、言うんだよ。

「これから学校に行って、先生にちゃんとお話してくるから、ノリオちゃんは心配しないでいいのよ。全部、そのカオルって子のせいなんでしょ」

えっ……。ボクはびっくりした。

「このごろ、ノリオちゃんが、あちこちケガしてくるから、ママ、へんだと思ってたのよ。それも、カオルって子のせいなのよね」

ちがうの、ちがうの、ってボクは言った。

「どこが違《ちが》うの。ノリオちゃんが、そのカオルって子といつもいっしょにいる、って、先生、おっしゃってたわよ。その子のせいでしょ」

そうだけど、でも、ちがうの。カオルちゃんのせいじゃないの。

「違わないでしょ。だって、その子、お友だちとけんかばかりしてる、って、先生、おっしゃってたわよ」

それは、そうだけど。そうなんだけど、でも、ちがうんだよー。

「ノリオちゃんはね、その子のけんかのまきぞえをくってるのよ。そんな悪い子とつき合うのは、もうおやめなさい。とにかく、ママ、先生にお話してくるから」

ちがうのー。ちがうのー。ちがうのー。

それは、そうだけど。そうなんだけど、でも、ちがうのー。

くやしくて、なみだがでてきた。ちがうのに、ちゃんと、せつめいできないんだもん。思ってることが、ことばにならないんだもん。……ボクがバカだからなんだ。バカだから、カオルちゃんのせいじゃないって、ちゃんと、せつめいできないんだ。

ボクはくやしい。くやしくって、かなしいよ。

第三章

カオルちゃんの告白《こくはく》

「ソメヤ！」

おどろかせてやろうとして、マサキの垣根《かきね》のうしろからとびだしたら、ソメヤってば、目をまん丸くしたまま、動かなくなっちゃってんの。

ふつう、ここまで、びっくりするかなぁ……。おまけに、こいつ、なんでこんなにオドオドしてるんだろ。学校の帰りを待ちぶせされて、ビビッてんのかな。それとも、あたしの顔がこわい、とか。そうかもしんない。まだ少しはれてるし、アザも残ってるし……。もしかしたら、あたし、けっこう、目立《めだ》ってるかも……。

そう思ったら、なんだか、学校帰りのほかの子たちも、あっちから歩いてくるおばさんたちも、みんな、あたしのことを見てるような気がしてきた。

下を向いて歩きだしたあたしのあとから、ランドセルを背負《せお》ったソメヤが、トボトボついてくる。ふたつの影《かげ》が、坂道の先にのびている。太陽はかたむき始めていたけれど、日差《ひざ》しはまだ、ジリジリ暑い。

梅雨《つゆ》があけたら、いきなり、夏になっていた。

丘《おか》のてっぺんに着いたところで、あたしは顔をあげた。

町でいちばん高いこの丘の上には、図書館とイチョウの大木《たいぼく》があって、そのとなりには、カシの木や、桜《さくら》の木にかこまれた公園がある。図書館の白い建物《たてもの》は、日が当《あ》たって光っていた。公園は、木陰《こかげ》のベンチで、おじいさんがひとり、本を読んでいるだけで、あとはひっそりしていた。

あたしは、大きなカシの木の下のベンチに腰《こし》かけた。少し離《はな》れてソメヤが座《すわ》った。ふたりともだまっていた。時々、風がふいて、木《こ》もれ陽《び》がゆれた。

ソメヤの目が、あたしの腕《うで》のあたりで、行ったりきたりしている。……ああ、そうか。あたしは気がついて、グルンと、腕をまわして見せてやった。

「ほら、もうなんともないよ」

ソメヤがはく息の音……、からだじゅうの空気が、全部ぬけちゃったみたいな音だった。それからソメヤは、今まで息止めてたんじゃないの、ってくらいの深呼《しんこ》吸《きゅう》をしてから、やっと口を開いた。今日、はじめて聞くソメヤの声だった。

「カオルちゃんが、ずっと、学校にこなかったから……、だから、ボク……」

「心配すんなよ。休んでたのは、ケガのせいじゃないから。ただ、行きたくなかったから、行かなかっただけだから……」

「カオルちゃん……」ソメヤの声は、まだオドオドしてる。

「ボクね、カオルちゃんにあいたかったの。すごく、あいたかったの。でも、きっと、おこってるって思って、こわくて、あいにいけなかったの。でんわも、かけられなかったの」

「こわいって、なんだよ」

「だって、ボクのママが……」

なんだ。それで、ビクビクしてたのか。

「みーんな、あたしが悪い、って言ってんだろ。そんなの、ソメヤんとこのおばさんだけじゃないから、気にすんなよ」

あのあと、お母さんが学校に呼びだされたりしたから、みんなが、あたしのこと、なんて言ってるのかぐらい、知ってるよ。まあ、そんなこと、どうでもいいけどさ。

「カオルちゃん、ゴメンね」

「なにが」

「ボク……、カオルちゃんのヤクにたてなくて」

「役にたってるじゃん。ソメヤが、机《つくえ》とか投げてくんなかったら、こんなんですまなかったもん」

あたしは、自分の顔をソメヤの前につきだした。

ソメヤに、「ゴメン」なんて言われると、どうしたらいいんだか、わかんなくなる。だって、ゴメンって言わなきゃいけないのは、あたしのほうじゃん。ソメヤのこと、ストレスのもと、とか言っといて、実は、ソメヤ使って、ストレス解消《かいしょう》してたんだから。

「そんなことより、ソメヤは、だいじょうぶだった？ みんなにいじめられてない？」

「うん。あのね。あれから、ボクがつくえをもちあげるかっこうすると、みんな、ビビるの」

「へー、すごいじゃん。やったな、ソメヤ」

あたし、思わず笑っちゃった。

ソメヤはテレて、エヘヘーと笑った。なんか、へんなの。こいつの笑い顔がかわいく見えちゃう、なんて。あたし、けっこう、ソメヤになじんじゃってたんだなぁ。

なんか急に、今日、ソメヤに会いにきてよかった、って気持ちになってきた。ちょっとまよってたけど、やっぱりソメヤだけには、話しとかなくちゃ……。

「ソメヤ」

あたしは、できるだけ明るい声をつくった。

「あたし、伊豆《いず》に行くことにしたから」

「い……、いぢゅ？」

「うん。お母さんの生まれたところなんだ。あたしのおじいちゃんとおばあちゃんが住《す》んでるの。あたしね、おじいちゃんたちのところで、くらそうと思うんだ」

「いぢゅ、って、どこ？」

「神奈川県《かながわけん》のとなりだよ」

ソメヤは、しばらく、なにか考えているふうだった。それから、おずおずと口を開いた。

「カオルちゃん、引っこしちゃうの?」

「そうだよ」

「学校は?」

「転校《てんこう》するに、決まっててんじゃん」

「なんで!」

ソメヤは、小さくさけび声をあげた。

なんで、って……。それは、まあ、
いろいろあるけど……。

「ボクのせい?」

なんで、おまえのせいなんだよ。

「ボクが、バカだから?」

なに言ってんだ、こいつ。

「ボクがバカすぎて、やんなったの?」

「ちげーよ」

「なんで……。なんで、てんこうしち

ゃうの。ボクがヤクにたたないから？」

「だれも、ソメヤのせいなんて、言ってないじゃん」

「でも。でも、ボク、バスケットボールのルール、おぼえたよ。マッチで、火もつけられるようになったよ」

「なに、わけのわかんないこと、言ってんだよ」

「ボク、ハナクソつけないように、気をつけてるよ」

「おまえ……、人の話、ちゃんと聞いてる？」

「ボク、もっとつよくなるよ。カオルちゃんといっしょに、たたかえるようになるから……」

「ソメヤのせいじゃないって、言ってんだろ！」

ソメヤは、ビクッとからだをちぢめた。ちょっと大声、だしすぎた。

首を肩《かた》にめりこませて、上目《うわめ》であたしのようすをうかがってるソメヤに、どなって悪かったよ、って顔をしたら、ソメヤの首が肩からでてきた。カメみたいなヤツだ。

「……ぢ、ぢゃあ、なんで、てんこうしちゃうの？」

「それは、つまりぃ……、あたしがいると、お母さんもお父さんも、めいわくだからじゃん。あたしがけんかするせいで、先生から、しょっちゅう、電話がかかってくるし、よそのおばさんからは文句《もんく》言われるし。このまえのことが問題になって、学校には呼びだされるし。おまけに、あたしは学校に行かないし……。お母さんもお父さんも、仕事がいそがしいから、そういうめんどうなのは、困《こま》るんだよ」

そう、困ってるよ、ふたりとも。どうして？　なんで？　わけがわかんなくって、すっげー困ってる。だって、お母さんとお父さんは、いい子でしっかりしたカオルちゃんしか、知らないんだから。

そう、なーんにも知らないんだから。

きっと、ひとりで食べるごはんが、どんなにまずいかも、知らないんだ。ひとりでいる夜が、どんなにこわいかも、知らないんだ。ひとりのあたしが、どんなにうさぎに助けられたかも、知らないんだ。

だから、お母さんは、うさぎが死んだ時にも、やだー死んじゃったのー、って顔して、「早く、保健所《ほけんじょ》に電話しなさいよ」なんて、言えたんだ。

お父さんなんて、うさぎが死んじゃったことも、知らないもんね。

そんなお母さんやお父さんに、どうして、あたしがいきなり悪い子になっちゃったのか、なんて、わかるわけがない。

困《こま》って、うろたえて、おこって、しまいに「おまえのせいだ」「あなたのせいよ」って夫婦《ふうふ》げんかを始めた時には、どうしてかを説明《せつめい》してやろうかとも思ったけど、うまく説明できるわけがないから、やめた。

それに、よく考えたら、うまく説明できたとしても、ムダだったんだ。だって、お母さんとお父さんは、いい子のカオルちゃんじゃないと困るんだもん。

なのに、あたしは、もう、前みたいな自分にもどる気はない。だから、あたしは、もう、うちにはいられない、つーか、もう、お母さんやお父さんと、いっしょにいたくないんだよ。いっしょに、いたく、ないの。


「だから、あたしは自分で考えて、おじいちゃんとおばあちゃんのところへ行くことに決めたんだ」

そう、自分で決めたんだ。

きのうの夜、お母さんにそう言ったら、

「なに、バカなこと言ってんの」っておこってたけど、でも、あたしは決めたの。だから、明日、伊豆《いず》に行くんだ。毎年、夏休みは、ひとりで遊びに行ってたから、あたし、ひとりで行けるんだよ。

おじいちゃんとおばあちゃんはびっくりするだろうけど、ぜったい、あたしをおい返したりしない。だって、ふたりとも、あたしのことすきだから。

「ソメヤにだけは話しとこう、ってね……。明日、伊豆に行く、ってこと」

「あした……」

ソメヤの顔がクシャッとなった。泣《な》いてるんだか笑ってるんだか、わからない顔。それが、みるみるゆがんでいく。

「どーちて……。なかまなのに、どーちて行っちゃうの？」

あー、ソメヤは、どんどん赤ちゃん言葉になっていく。

「仲間《なかま》……、って、なんだよ」

「カオルちゃん、ゆったぢゃん。ボクとカオルちゃんはなかま、だって」

そんなこと、言ったっけ……。言ったかもしんないけど、わすれちゃった。

「いつもいっしょだから、なかま、なんでしょ」

「知らねーよ、んなこと」

ソメヤの目から、ドバッとなみだがあふれでた。ズルズル、鼻水がたれてきた。

あーあ、やっぱり泣《な》くのか。

「ゆったよー。なかまだって、ゆったよー」

ソメヤは、本格的《ほんかくてき》に泣き始めていた。かんぺき、赤ちゃんの泣き方だった。

「ボクはいやだよー。カオルちゃんのいない学校なんて、いやだよー」

しょうがねーなあ、まったく……。

「あと一週間で夏休みじゃん。学校が休みになれば、どうせ、会うこともないんだから」

「でも、夏休みはおわるでしょ。また、学校がはじまるでしょ」

「だいじょうぶだよ。ソメヤ。四十日も会わないでいれば、わすれちゃうよ。人間って、わすれっぽいんだから」

あたしは、せいいっぱい、やさしい声でしゃべっていた。赤ちゃんをあやすみたいに、やさしい声で。

この声は、あたしの気持ちだ。

死んだうさぎの代わりに、あたしを助けてくれてたソメヤへの。

ソメヤの旅

「カオルさんは、まだケガがなおらないので、もうしばらくお休みするそうです」

朝のホームルームで、せんせーが言った。

ボクは、それがウソだってしっている。カオルちゃんは、いずに行っちゃったんだ。

それでも、ボクはその日の夜、カオルちゃんのおうちに、でんわしてみたの。

もしかしたら……、って思ったから。

トゥルルルが三回なって、思いがけずに「はい」がきこえてきたときは、びっくりして、ボクは思わず「カオルちゃん!」って、さけんでた。

「カオルは、いませんよ」

おとなの女のヒトの声だった。カオルちゃんのママ、かな……。

「どちらさまですか?」

「ボ、ボ、ボクは、ソ、ソメヤです」

アセッて、舌《した》がからまっちゃった。

それから、ちょっと、あいだがあいた。女のヒトはだまっている。ボクがしゃべるのを、まっている。しんぞうがドキドキしてきた。舌が、また、からまりそう。

でも、きいてみなくっちゃ。

「カオルちゃんは、ホントに、い、い、いぢゅ……、いずに行っちゃったんですか?」

ボクが「いず」って言ったら、女のヒトはちょっとびっくりして、「伊豆《いず》?」ってききかえした。

「……あなた、それ、カオルから聞いたの? あなた、カオルのお友だち?」

「ハイ。ボクは、カオルちゃんのなかまのソメヤです」

女の人の声が、ちょっと、わらったみたいだった。

「カオルねー、いつ帰ってくるか、わかんないのよ」声が、ちょっと小さくなった。

「でも、まあ、しっかりした子だから、心配ないと思うけど……。で、なにか、カオルに用があったの?」

そのとき、ボクの口は、じぶんでも、しんじらんないことをしゃべりはじめていた。

「カオルちゃんに、おてがみをだしたいので、いずの、じゅうしょを、おしえてください」

すごい……。ボ、ボクって、こんなにじょうずに、ウソがつけるんだ。

その日の夜、ボクは、おにいちゃんのへやのドアを、トントンってノックした。へんじがないのは、いつものことなの。だって、おにいちゃんは、おうちでは、ほとんどしゃべらないから。

ボクは、「おにいちゃーん、あのね」って、言いながらドアをあけた。「いぢゅのかわづ、って、ちってる？」

ふりむいたおにいちゃんは、なんで、ボクがそんなことをきくのかなー、って顔をしてる。

「おにいちゃん、行ったこと、ある？」

「ない」

「どーゆうふーに行くか、わかる？」

「時刻表《じこくひょう》を見れば、わかる」

そう言って、おにいちゃんは、本箱《ほんばこ》に手をのばした。おにいちゃんは、だいがくせいなので、むずかしい本をいっぱいもってるの。おにいちゃんは、むずかしい本のなかから、じこくひょうっていう、あつい本をぬきだしてくれた。めくってみたら、すうじばっかりで、やっぱり、すごくむずかしそうだった。

「これ、どうやって、見るの？」

「なんだ、おまえ、旅行《りょこう》でもすんのか」おにいちゃんは言った。

ボクは、ちょっとかんがえて、「しゅくだいなの」って言った。

あんまり、へたなウソだったから、エへへとわらって、ごまかした。

「ふーん」おにいちゃんは、つまんなそうな顔をしただけだった。

おにいちゃんって、ボクに、ぜんぜん、キョウミがないの。おにいちゃんはおとなで、ボクは子どもだし、それに、おにいちゃんは、ボクがバカだってしってるから。

おにいちゃんはいつも、ボクの言うことなんか、まじめにきいてない。そのかわり、ボクがへんなことを言っても、ママみたいに、いちいち、うるさくツイキュウしないから、けっこう、いいよ。

それでも、おにいちゃんは、じこくひょうの見かたを、おしえてくれた。すうじは、時間のことだった。左ページのはじっこのかんじが、えきのなまえだった。あとは、なんだかわかんなかった。やっぱり、だいがくの本はむずかしいや。

じこくひょうのすうじを、ゆびでおさえながら、

「大船《おおふな》で東海道本線《とうかいどうほんせん》に乗って、熱海《あたみ》で乗りかえて……」

おにいちゃんは、かわづまでの行きかたも、おしえてくれたけど、むずかしくて、やっぱりよくわかんなかった。

「あたみ？ のりかえるの？ そこから、とおい？」

「まあな」

「どのくらい、とおい？」

めんどくさくなったおにいちゃんは、じこくひょうをボクにわたすと、せなかをむけて、つくえの上にひらいてあった本のつづきを、よみはじめた。

おにいちゃんは、べんきょうのとちゅうだったんだ。しょうがないので、ボクは、じぶんのへやへもどった。でも、さっき、せつめいしてもらったページをじっと見つめているうちに、だんだん目がまわってきたの。おにいちゃんは、「数字《すうじ》は、時間」って言ってたけど、まるで、あんごうみたいなんだもん。

ボクはまた、おにいちゃんのへやのドアをノックした。へんじがなかったので、「おにいちゃーん」って言いながら、ドアをあけた。

「このすうじ、どうやってよむの？」

ふりむいた顔が、すごく、めんどくさそうだったけど、おにいちゃんは、すうじのよみかたをおしえてくれた。四つならんでるすうじのうち、左がわのすうじが12より大きいすうじだったら、ごごの時間、ってこともおしえてくれた。

そういえば、なんか、ずーっとまえ、算数の時間に、せんせーが言ってたなあ。13だったら、そこから12をひいて、ごご一時のことだよ、って。

あのときは、なんのことだかわけわかんなかったけど、そうか、あれは、じこくひょうをよむための、べんきょうだったんだ。

もいちど、へやにもどって、ボクは、さっきのページを見なおした。あんごうのイミは、だいたいわかった。けど、ボクは、もっと、じゅうだいなもんだいに気がついてしまった。

トントン、ドアをノックしたら、こんどは、

「入ったら、殺す」って、へんじがあった。

「おにいちゃーん。あのね」ドアをあけて、ボクは言った。

「ボク、かんじがよめないの」

おにいちゃんは、本をよんでるかっこうのまま、ふりかえりもせずに言った。

「社会科の地図帳《ちずちょう》を持ってこい」

それから、おにいちゃんは、じこくひょうのえきと、ちずちょうのせんろのえきを、かわりばんこにさしながら、「ここが大船《おおふな》。ここが藤沢《ふじさわ》」っておしえてくれた。

そっか。ちずちょうのかんじには、ぜんぶ、ひらがながふってあるから、こうすれば、ボクでも、えきのなまえがよめるんだ。だいがくせいって、やっぱり、頭がいい。

七月二十日《にじゅうにち》。

夏休みさいしょの日の、朝九時。リュックをせなかに、水筒《すいとう》をかたに、ボクはうちをでた。リュックのなかには、タオルと、水着《みずぎ》と、スイムキャップと、ゴーグルと、おべんとうがはいってる。

きょうから、ボクのかよっているスイミングスクールが、夏時間になったからなの。

おべんとうと水筒は、

「あのね、ママ。コーチが、レッスンのあと、とっくんしてくれるんだって」

って、ボクが言ったから。

「あら、そんなお知らせ、あったかしら?」

ママは首をかしげてたけど、

「バタ足のうまくできない子だけ、とくべつ、なんだって」

って、もうひとつウソついたら、

「へえ、ずいぶんと熱心《ねっしん》に指導《しどう》してくれるのねぇ」

ママはちょっと、かんしんしたみたいだった。それで、

「だったら、お弁当《べんとう》がいるんじゃないの」

って言うから、ボクは、うん、ってうなずいたの。

でも、いつも、ボクが、スイミングスクールのバスをまってるタバコやさんのかどに、きょう、バスはとまらない。このまえのレッスンの日に、

「二十日《にじゅうにち》は、おでかけするので、お休みします」って、コーチに言っておいたから。

これでもう、ボクは、りっぱなウソつきだ。

町じゅうをぐるりとまわって、あっちこっちのかどでまってる、子どもたちをのせたスイミングスクールのバスが、プールにつくころ、ボクは、でんしゃにのっていた。

れいぼうがきいてるのに、手のひらがアセでぬれている。ボクは、めちゃくちゃ、きんちょうしている。ボク、ひとりででんしゃにのったの、生まれてはじめてなんだよ。

さいしょの〈駅でキップを買う〉は、クリアした。ボクのすんでいる町のえきから河津《かわづ》まで、子どもは、千四百八十円だった。一万円《いちまんえん》でおつりがいっぱいきた。ボク、ちょきんばこのなかの今年のお年玉、ぜんぶ、もってきたんだ。

ボクのすんでいる町のえきから、横須賀線《よこすかせん》にのった。

そのつぎは、〈大船《おおふな》で乗りかえる〉だった。これは、〈キップを買う〉より、ずっとレベルがたかい。ここでバグッたら、おしまいなんだ。ちがうでんしゃにのっちゃったら、ボクは、まいごになっちゃうんだから。

「おおふなでのりかえる、とおかいどおせんにのりかえる」

じゅもんのように、となえつづけた。

「ぜったい、クリアする、クリアして、カオルちゃんにあう」

大船《おおふな》で、でんしゃをおりたしゅんかん、ボクは、頭がボーッとなってしまった。あつかったからじゃないよ、ホームが、すごーく、たくさんあったからだよ。

……どのホームに行けばいいんだろ。

だけど、ぼんやりしてるひまはなかった。でんしゃからおりてきた人たちが、ドドドドッ、かいだんにおしよせたからだ。ボクは、それにまきこまれた。ドドドドッにおされて、かいだんをあがった。かいだんの上のひろいつうろには、もっとたくさんの人たちが、いそがしそうにうごいてた。

どの人も、タッタッタッ、はや足だった。つられて、ボクもはや足になる。

どこにあるんだろ、〈東海道線下り《とうかいどうせんくだ》〉のホームは。どっかに、カンバンがあるはずだ。はやく、見つけなくっちゃ。ボクはあせる、あせりまくってる。なんだか、みんなに見られてる気がして。おちつけ。おちつけ。

ウロウロして、えきいんさんに、へんな子だって思われちゃいけない。ボクはママにないしょで……ううん、ウソついてきちゃったんだから。あやしいヤツだってバレちゃったら、カオルちゃんにあえないんだぞ。

「とおかいどおせんにのる。ぜったいクリアする。クリアしてカオルちゃんにあう」

ボクは、じゅもんをとなえた。

あった！

あそこ。四番線。東海道線下《くだ》り。平塚《ひらつか》や、小田原《おだわら》や、熱海《あたみ》っていうかんじも、いっしょに、目のなかにとびこんできた。ボクは、かいだんをかけおりた。

あのね、ボクね、東海道線ってかんじも、伊東線《いとうせん》ってかんじも、よめるんだよ。じこくひょうと、ちずちょうを、なんかいも、なんかいもよんで、おぼえたの。あと、大船《おおふな》から河津《かわづ》までのえきのなまえも、ぜんぶ、かんじでよめるようになったんだよ。しらないかんじばっかりだったから、おぼえるの、すごーく、たいへんだったんだよ。今まで生きてて、こんなに頭をつかったの、はじめてだったんだよ。

ボクは、ドアのまえに立っていた。でんしゃはすいてて、せきもあいてたけれど、とても、すわるきぶんにはなれなかったの。しんぱいだったんだよ。しんぞうがバクバクしてる。このでんしゃでいいのかな？　ちがってたら、どうしよう。

外のけしきは、ずーっとかわらない。たいらなじめん。たくさんのいえ。ビルがふえてきたと思うと、えき。辻堂《つじどう》、茅ケ崎《ちがさき》、平塚……。でんしゃがホームにはいるたびに、えきのなまえをたしかめて、ズボンのポケットのなかのメモと、くらべる。あっているかどうか、たしかめる。

国府津《こうづ》をでたら、ボクが立ってるドアのむこうに、海が見えてきた。ガタゴトガタゴト、川をわたって小田原《おだわら》。小田原をすぎたら、すいへいせんが見えた。海はひろくて、青くて、きれいだったけど、見とれてるひまなんて、なかった。

早川《はやかわ》をでて、はじめてのトンネル。ゴーッと耳がなった。湯河原《ゆがわら》。

そして、しゅうてん、熱海《あたみ》。やった！ クリアした。

つぎは、〈伊東線《いとうせん》に乗る〉だ。

大船《おおふな》ほどじゃないけれど、ホームはこんでいた。子どももいっぱいいた。

みんな、ボクみたいに、リュックをせおっていた。

そっか、夏休みのさいしょの日だから、おとうさんやおかあさんといっしょに、おでかけなんだな。ふーん。ここだと、なんだか、ボクも、あんまり目立《めだ》たないみたい。ボクは、ちょっとホッとした。

ここなら、ボクも、へんな子じゃないかも。ママにウソついてきちゃった子には、見えないかも。

ボクは、まわりを見まわした。伊東線はどこかな、カンバンはどこかな、って、あっちこっち、さがしてたら、ベンチにすわってるおばあさんと、目があった。

おばあさんは、ボクのことをじっと見ていた。

ボクは、ドキッとした。キョロキョロしてたから、あやしいヤツだって、思われたのかもしれない。

「ぼうや……」

おばあさんが、ボクのほうにからだをのりだした。

ひゃー！　心のなかでさけんで、ボクははしりだした。ホームをはしって、かいだんを、ダダダダッとかけおりた。

ど、どうしよう。バレちゃったのかも。まえのかいさつぐちには、えきいんさんがたくさんいるし、うしろからは、おばあさんがおいかけてきそうな気がする。

ど、どこへにげよう。

そのとき、アナウンスがきこえたんだ。

「……発《はっ》、伊東線《いとうせん》は……一番線《ばんせん》から……」

ボクは、でんしゃのすすむほうをむいて、すわっている。ほっぺたをまどにくっつけて、外を見てる。すこしでもはやく、カオルちゃんのいる河津《かわづ》が見えるように。

でんしゃは、山のなかをはしっている。山のしゃめんには、みかん畑《ばたけ》。

トンネルにはいった。つぎからつぎにトンネルだ。来宮《きのみや》、伊豆多賀《いずたが》、網代《あじろ》、宇佐美《うさみ》。山と山のあいだにえきがある。東海道線《とうかいどうせん》のえきより、小さい。

伊東《いとう》、川奈《かわな》、富戸《ふと》。海が、キラキラひかってる。大きなしまが、見える。

「沖《おき》に見えるのは、大島《おおしま》です」

しゃないほうそうが、言ってる。

でんしゃのなかがさわがしくなってきた。ななめまえのざせきの、おじさんたちのところから、おさけのにおいがする。おじさんたちのこえは、四年一組より、うるさい。

いやだな、目があっちゃったよ、あの赤い顔のおじさんと。ボク、よっぱらい、きらいなのに。あっ、こっち、見てる。ボクが、きゅうに目をそらしたからかな。

なにか言われたら、どうしよう。こ、こわいよ。

「乗り越《こ》しの方は、お知らせください」

こんどは、しゃしょうさんがきた。

ベージュ色のユニフォームのしゃしょうさんは、ざせきのあいだをゆっくりと、こっちのほうにやってくる。いやだな、ボクのほうにくるよ。なにかきかれたら、どうしよう。しんぞうが、ドキドキしてきた。

ボクは、まどぎわに、からだをくっつけた。下をむいて、ねむったふりをしようとした、そのとき、「食《た》べる?」という声がした。

おどろいて、顔をあげたら、伊東《いとう》からのってきて、ボクのまえにすわったおばさんが、手の上に、みかんをのせてくれた。れいとうみかんだった。おれいを言って、たべてみた。シャーベットみたいで、おいしい。

「どこまで、行くの?」おばさんが言った。

「河津《かわづ》のカオルちゃんのとこ……」

「ひとりで?」

ボクは、うなずいた。

「えらいわね。小さいのに」

やんなっちゃう。ボクって、せがひくいから、いつもチビに見られちゃう。

「ボク、四年生だよ」

声が、ちょっと大きくなっちゃった。

「おや、まあ、そうなの」

おばさんは、わらっていた。

いつのまにか、しゃしょうさんはいなくなっていた。

よっぱらいのおじさんたちも、しずかになっていた。

ホッとしたら、きゅうに、おなかがすいてきちゃった。今まで、きんちょうしすぎてて、そんなこと、わすれちゃってたんだ。

ボクは、リュックのなかから、ママのつくってくれたおにぎりをだした。

おばさんにもあげようとしたら、おばさんは首をふった。

「せっかくだけど、お昼はさっき食べたから」

それで、ボクは、お昼はとっくにすぎちゃってたんだ、ってことをしったの。

ボクが、おにぎりをたべはじめたら、

「いいわねぇ。カオルちゃんって子と、海でおよぐのね」

おばさんは、ニコニコしながら言った。

ボクは、エッ？　って思った。

「あのへんは、いい海水浴場《かいすいよくじょう》があるからね」

おばさんの目は、リュックの口からはみだしているゴーグルを、見ていた。

ボクは、なんにも言えなくて、ただ、おにぎりをたべつづけた。

カオルちゃんにあいたいだけ……、それだけだったから。

あえたらどうしよう、なんてかんがえてもいなかったから。

だけど、ボク、なにしに行くんだろ？　あそびに行くのかなー。カオルちゃんにあうことばっかり、かんがえてたから、あってから先のことは、なんにもかんがえてない。おばさんが言ったみたいに、海でおよぐのもたのしそうだけど……、でも、そんなことするために、行くんじゃないような気がする。

かんがえても、よくわかんないから、もうかんがえるのよそう。ボクは、カオルちゃんにあいたいの。あいたいだけなの。ボク……、なんだか、むねがいっぱいになってきて、おにぎりがたべられなくなっちゃった。

おさけをのんでたおじさんたちも、みかんをくれたおばさんも、伊《い》豆《ず》熱川《あたがわ》という
えきでおりていった。でんしゃのなかが、ガランとしてきた。
まどの外は、どんどん、ひかりがあかるくなっていく。
海と山とトンネルが、かわりばんこにあらわれる。
にぎやかなえき。さみしいえき。
大きないわの、ゴロゴロしているかいがん。
いわにあたって、白いあわになっているなみ。
カモメのうかんでいる、みなと。
とうだい。
おおしまが、とおざかっていく。

ドアがしまって、オレンジとみどりのでんしゃが、山のなかにきえていった。
ボクは、山と山のあいだにあるホームに、立っていた。
右も左も山だった。山に山がかさなって、ずーっと先まで、山だった。
ずいぶん、とおくまで、きちゃったんだなー。山の上は、空だった。青い空に、

白くもがうかんでた。

ボク、ホントにきちゃったんだなー。おひさまがまぶしい。

けれど、かぜがすずしい。


ボク、クリアしたんだよね。

なんだか、しんじられない。うれしすぎて、なんだか、へんなきぶんだ。なんだか、ボーッとして、からだがフワフワする。力がぬけて、フニャーってなりそうだ。

ボクは、フワフワしながら、かいだんをおりた。

えきいんさんにキップをわたして、かいさつぐちをでた。

えきの出口は、すぐそこだった。うれしくて、はしりだしそうだ。

「ぼうや……」

うしろで、だれかがボクをよんだ。

顔がわらったまま、かたまった。しんぞうがとまりそうになった。バ、バレたんだ。ママにないしょできたことが、バレたんだ。ボクは、ダッシュした。

声がおいかけてきた。「わすれものだよー」って、きこえたような気がしたけど、もう、足はとまらない。えきまえはバーッとひろがってて、バスやタクシーがとまってた。こんなところじゃ、すぐにつかまっちゃう。

ど、どこへ、どこへにげたらいいの。

えきの右がわが、どうろだった。しんごうは、ちょうど、赤だった。ボクは、おうだんほどうをつっきって、そのまま、まっすぐはしった。

ぜんそくりょくで、はしった。

ボクのはしるみちにならんで、コンクリートのかべがつづいていた。かべの上はせんろだった。ボクがのってきたでんしゃの、せんろだ。せんろは、ずーっと先までつづいていたけど、みちの先は、いきどまりだった。ふりむいて、だれもおいかけてこないことをたしかめて、ボクはとまった。

目のまえは、大きな川だった。水がゆったりながれてる。どてのさくらの木のかげにかくれて、ボクは、ハアハアいきをついた。

のどがカラカラだったけど、水筒《すいとう》がどこにもない。どっかで、おっことしちゃったのかな。

どての上を、ボクは、トボトボあるいていた。だれかがおいかけてこないかと、ときどき、うしろをふりかえる。川の水が、どんどん、ながれていく。どんどんどんどん、ながれていく。

ここは、どこなんだろう? ボク、どこまできちゃったのかな?

ボクね、今やっと、じゅうだいなことに気がついたの。カオルちゃんのおじいちゃんちが、どこにあるのか、ボク、しらなかったんだ。

河津《かわづ》のえきにつけるかどうか、しんぱいで、でんしゃののりかえをクリアすることばっかり、かんがえてたから。なんだか、えきについたら、すぐにカオルちゃんち、みたいに思いこんでた……。ボクって、やっぱりバカだ。

おてがみだすからって、ウソついて、おしえてもらったじゅうしょは、おぼえてるけど、だれにも、きけないよ。だって、バレちゃったんだもん。

今ごろ、ボクは、しめいてはい、だ。つかまったらさいご、ママのところに、おくりかえされちゃう。

カオルちゃんのなみだ

「……持ち物に名前が書いてあったから、それで、『ソメヤ・ノリオ』ってことだけは、わかったみてぇなんだけどなー……」

おばあちゃんが、トラックの助手席《じょしゅせき》でしゃべりつづけている。

ついさっき、交番《こうばん》から電話があったんだ。それで、おばあちゃんは、畑にいたおじいちゃんのところに走っていって、急いで、トラックをだしてもらったの。

「なに聞いても泣《な》くばっかで、こりゃあ、家出《いえで》じゃねーか、って大さわぎになってなー……」

おばあちゃんは、電話で聞いたそのままを、おじいちゃんに向かってくり返している。トラックの窓《まど》から、河津川《かわづがわ》が見えてきた。

「で、やっとしゃべったのが、『カオルちゃん』でな……、うちの住所《じゅうしょ》を知ってたみてえなんだよ」

土手《どて》の桜並木《さくらなみき》が夕日にそまり、ねぐらに帰る鳥たちが、川すれすれにとんでいく。

「ねえ、カオルちゃん。なんで、その子は、カオルちゃんに会いにきたのかねー」

そんなこと、あたしにだって、わかんない。

夕方の町のなかに、交番は、ぽっかり白く浮《う》かんでいた。

指名手配《しめいてはい》の顔写真《かおじゃしん》のはってあるガラスごし、電気の白い光の下に、おまわりさんの姿《すがた》が見えた。おじいちゃんがガラス戸をあけると、机《つくえ》の前に座《すわ》っていたおまわりさんが、立ちあがった。

「ごくろうさまです」

いかにもおまわりさん、っていう、規則《きそく》正しい言い方だった。

無口《むくち》なおじいちゃんは、だまって頭をさげた。

「世話《せわ》かけちゃってー、わりぃよー」

おばあちゃんが、腰《こし》をかがめて、交番のなかに入っていく。

それまで四角《しかく》だったおまわりさんの顔が、おばあちゃんを見て、いきなり、くずれた。どうやら、おばあちゃんとは顔見知りらしい。

「いやー、助かったよー。ホント、困《こま》ってたとこでさー」

おまわりさんの口調《くちょう》は、ホントに困っているふつうのおじさんになっていた。

「それにしても、ばあちゃんとこのお孫《まご》さんが、カオルちゃんだったなんてなー」

交番《こうばん》のおくで、ぼんやりと、魂《たましい》がぬけたみたいになっていたソメヤが、〈カオルちゃん〉って言葉に反応《はんのう》した。こっちを向いたソメヤと、おばあちゃんのあとから交番のなかに入った、あたしの目が合った。ガタッ。いすがなって、ソメヤがとびあがった。泣《な》きはらした目をして、鼻をたらして、ヨレヨレによごれている迷子《まいご》の子犬。今まで見たうちで、いちばん、きたないソメヤだった。

犬の子みたいに、ソメヤがあたしにとびついた。汗《あせ》とほこりのにおいがした。

「んっとに、たまげたバカだな、おまえは」

あたしが言えたのは、それだけだった。

おまわりさんと、おじいちゃんとおばあちゃんが、それぞれ、ホッと息をついている。いろんな息だった。おまわりさんのは、きっと、ヤレヤレなんだろう。

「電話もらって、えりゃあ、びっくりしてなー」

おばあちゃんのヒソヒソ声。

「河津川《かわづがわ》の土手《どて》を、泣きながら歩いてるのを見かけてね。声かけたら、それが、逃《に》げる逃げる。つかまえるのに、えらい思いしたよ」

おまわりさんのヒソヒソ声。

「親御《おやご》さんに、だまってきたのかねー」

「うーん……」

「家出《いえで》、なのかねー」

「うーん……」

うなってばかりの、おまわりさん。

ソメヤは、あたしにしがみついて、泥《どろ》となみだのあとが、もようになっている顔をこすりつけていた。あたしは、ソメヤが、あたしのT《ティー》シャツに、鼻水をこすりつけるままにしていた。

だって、こんな、バカでマヌケでトロいヤツが、たったひとりで、電車に乗ってここまできたってことが、どんなにたいへんなことだったか、わかったから。

「……よく、ひとりでこれたじゃん」

「うん」

「こわかっただろ?」

「うん。……でも、カオルちゃんに、あいたかったから」

「ソメヤ……おまえ、えらいよ」

「……ボク、えらい?」

「えらいよ、ソメヤは、えらい」

あたしは、ホントに、ソメヤのことをえらいと思ったの。十回くらい思った。

「……ホントに、えらい?」

「ホントにえらいよ。だから、もう、泣《な》くな」


やっと、泣きやんだソメヤから、住所《じゅうしょ》と電話番号を聞きだしたおまわりさんが、ソメヤんちに、電話をかけた。おまわりさんの言葉のはしばしから、ソメヤんちのパニックが伝わってくる。おまけに、「とにかく、お子さんに代わりますから」と、むりやり電話口にだされたソメヤが、興奮《こうふん》してるおばさんに、

「ママなんて、きらい。ボク、もう、おうちにかえらない」

なんて、よけいなことを言ったもんだから、受話器《じゅわき》の向こうは大さわぎになってしまったらしい。おまわりさんが、ゲッソリしてる。

おばあちゃんが電話を代わって、速攻《そっこう》でつれもどしにくる、ってわめいてるソメヤのおばさんを、「本人も、骨《ほね》おれてるみてぇだし……」とか、「せっかく、たずねてきてくれたんだから、今夜はうちであずかってさぁ……」とか、説得《せっとく》してる。

結局《けっきょく》、おばさんは、明日、むかえにくることになった。

まったく、こいつって、つくづく、めいわくなヤツだ。だけど、おまわりさんは、「今度から、うちの人にだまってきちゃいけないよ」

って言っただけで、ソメヤを、おばあちゃんに引きわたしてくれた。

おこられるって覚悟《かくご》していたソメヤ本人が、あっけにとられるくらいだった。きっと、どっと、つかれてしまっていたおまわりさんは、とっとと、ソメヤに消えてもらいたかったんだと思う。

紫色《むらさき》の空に、山の藍《あい》色がとけ始めている。山と空のさかいが、ぼんやりしてきた。西の空には、金星《きんせい》がまたたいていた。

「ボク、トラックのるの、はじめて」

ソメヤの声は、いつもより高い。

「いいだろ。あたしのおじいちゃんのトラックなんだよ」

なぜか、じまんな、あたし。

トラックの荷台《にだい》に乗せてもらって、ソメヤはみょうに興奮《こうふん》してる。でも、そうあたしも、荷台《ここ》はすきだ。風が、気持ちいいんだもん。

「うちのおじいちゃんさー、カーネーションやバラを栽培《さいばい》してんの。だから、市場に花を出荷《しゅっか》する時は、この荷台が、花でいっぱいになるの」

ますます、じまんな、あたし。

「へーえ」

すなおに感動してるソメヤ。

あたし、自分がうれしがってるのがわかる。ソメヤが遊びにきてくれたのが、うれしいんだ。おじいちゃんところへきてから一週間、あたしに会いにきてくれたのは、ソメヤだけだったから。

「明日、見せてやるよ。おじいちゃんの温室《おんしつ》」

「わーい」

ガタンと荷台がゆれた。トラックは、河津川《かわづがわ》にかかっている橋の上を走っている。

「カオルちゃん！」

荷台から乗りだすようにして、下流《かりゅう》を見ていたソメヤが、大きな声をだした。

「いま、川のむこうに、なんか白いのが、うごいてたよ」

「波だろ」

「なみ……なの？」

「うん。すぐそこが、海だから」

トラックが橋をわたってしまっても、ソメヤはずっと、海の方角を見つめている。

「そうだ。明日、おじいちゃんの花を見たあとで、海に行こう」

「えっ。……でもー」

「だって、水着、持ってきてんだろ」

「でもー、ママがむかえにくるよ」

「いいじゃん。ママがむかえにくるよ」

「だってー」

「おまえ、ママのこと、こわいの？」

「だってー」

「だって、じゃねーよ。家出《いえで》するのー、おまわりさんにつかまるのー、もう、かんっぺき、悪者《わるもの》のくせして」

「ボク、ワルモノなの？」

「あったりまえじゃん。悪者は、ママのことなんて、こわくないんだよ」

「わかった。ボク、海に行く」


夕暮れが、夜に変わり始めていた。

さっきまで、はしゃいでいたソメヤが、なんだか、おとなしい。だまったまま、ガタガタゆれる荷台《にだい》に合わせて、からだをゆらしている。

夜風《よかぜ》が、ヒュウと、耳の横で音をたてた。河津川《かわづがわ》の桜並木《さくらなみき》がうしろに遠ざかっていく。夜空《よぞら》に星がふえていく。

「カオルちゃん……」

「……ん？」

「……おこってない？」

「おこってねーよ」

「ホント?」

「ホントだよ。だけど……」

あたしは言った。「遊びにくるんだったら、電話してから、こいよな。ちゃんと、駅までむかえにいってやるからさー」

「カオルちゃん……」

「……ん?」

えーと……って言ったきり、ソメヤは、また、だまりこんだ。

木立《こだち》も家並《いえな》みも、みんな、夕やみにとけていくのに、ソメヤの目だけが、みょうに、しっかり光っている。

「ちがうの」

「違《ちが》うって、……なにが」

「ちがうの、あそびにきたんぢゃないの」

ちょっと、びっくりするくらい、キッパリした声だった。

「ボク、今、やっとわかったの、カオルちゃんにあいにきたわけが。ボクね、だいぢなことを、言いにきたんだと思うの」

「なんだよ、だいじなこと、って」

「カオルちゃん」ソメヤが言った。

「ボクが、ワルモノやれるのは、カオルちゃんのせいなんだ」

おまえなー、それ、どういう意味だよ。

「ボクね、カオルちゃんがいたから、バスケットボールもけんかも、がんばれたの。カオルちゃんにあいたかったから、熱海《あたみ》とか伊東《いとう》とか、むずかしいかんじもおぼえられたの」

だから、なんなんだよ。おまえの言ってること、わけわかんねーよ。

「ボクね、カオルちゃんがいないとダメなの。カオルちゃんがいないとかなしいの。メチャクチャ、かなしいの。だって、ボク、カオルちゃんのこと、スチだから」
ゲッ。
いきなりすぎて、ものも言えない。
なんなんだよ、なんなんだよ、なんなんだよー、それはー……。
あたし、マジで、ひっくり返っちゃった。スチってなんだよ、スチってー。
おまえ、なに、アホなこと言ってんだよ。
なのに……、なんだ、この感じ……。不意《ふい》に、いろんな思いがあふれてきて
……、あたしは、おぼれそうになってきている。すきとかきらいとか、うれしいと
か、かなしいとか、さびしいとか……、次々、押《お》しよせてくる思いに、つぶされそ
うになっている。
や、やだ。なみだがでてきちゃったじゃん。
あたしは、トラックの荷台《にだい》に、あおむけにひっくり返ったまま、ギュッと、目を
つぶった。
なんで、ソメヤにすきって言われたくらいで、こんなにうろたえてるんだろ。
なみだが、とまんない。あたし、どうしちゃったんだろ。なんで、こんなこと

で、泣《な》いたりするんだろ。

みっともねー、こんな、どうでもいいことで泣くなんて……。

ソメヤが、あたしの名前をよんでいる。

おまえのせいだろ。ソメヤがわけわかんないこと言うから、頭がおかしくなっちゃったんだろ。

それでも、あたしはわかっていた、これが、いいなみだ、だってことを。あたし、かなしくて泣いてるわけじゃない。ソメヤに、なみだを見られないよう、両手で顔をおおった。指の間から、夜空《よぞら》の星がにじんで見える。

それから、あたしは、言ってやったの。

「おまえさー、そういうのは、すきって、ちゃんと言えるようになってから、言えよなー」って。

空は、満天《まんてん》の星だった。


八月になった。お盆《ぼん》には、あたしとおばあちゃんとおじいちゃんで、むかえ火《び》をした。お母さんも河津《かわづ》に帰ってきた。なんと、お父さんもいっしょだった。こんなことは、はじめてだったので、みんな、びっくりしてた。

みんなでいっしょに、ご先祖《せんぞ》様のお墓参《はかまい》りをした。

新しい仕事でいそがしいお父さんは、すぐに帰っちゃったけれど、お母さんは、「夏の休暇《きゅうか》は、ずっと、ここにいることにしたから」

なんて言って、おじいちゃんとおばあちゃんを喜ばせた。

あたしは、すきにすればー、って顔をしてやった。

でも、あたしたちは、ふたりで、いろんなことを話したの。こんなに、ゆっくりお母さんと話したのは、はじめてだったような気がする。

「いっしょに帰ろう」って、お母さんは言った。

けれど、あたしは、「うん。でも、もう少し、こっちにいたい」って言ったの。

「友だちがね、遊びにくることになってるから」って。

あれから、暑中見舞《しょちゅうみま》いのはがきがとどいたんだ。それには、

「カオルちゃんのおじいちゃんのところへ、こんどは、ホントにあそびに行きます」って書いてあった。

「ボクは、ひとりで行きます。でも、こんどは、ちゃんと、ママにことわって行きます。また、おじいちゃんのお花ばたけや、海に行きたいです。こんどは、いっぱい、あそびたいです。それから、カオルちゃんのおばあちゃんが言ってた、大きいおんせんにも行きたいです。おんせんにも、いっぱい、はいりたいです。それで、カオルちゃんといっしょに、かえってきたいです」


あたしは、明日、ソメヤを、駅までむかえにいくことになっている。

あたし、もしかしたら、ソメヤといっしょに帰るかもしれない。

ううん、きっと帰ると思う。

あたしの一学期はサイテーだったけど、二学期はどうなるんだろう。なーんか、ロクなことにはならないような気がするけど……、でも、まあ、なにがおこっても、ソメヤといっしょなら、きっと、だいじょうぶだろう。

あとがき

ずーっと昔のことです。私は塾の講師《こうし》をしていました。もちろん勉強もしますが、週に一回、子どもたちといっしょに、海や山や公園に遊びに出かけるような塾でした。

山のてっぺんにあるお寺の境内《けいだい》では、陽《ひ》が暮《く》れて、空《あ》き缶《かん》が見えなくなるまで缶けりをしたものです。夏の海では水中騎馬戦《きばせん》で大あばれ、冬の海では流木《りゅうぼく》を拾い集めて焚《た》き火をし、サツマイモを焼いて食べました。近所の公園ではサッカーやS陣、だるまさんがころんだ……。なんだかもう、大人と子どもというよりも、友だちのようでした。

それから私は、お母さんになりました。子育てをしていた時も、いろんな子どもたちとの出会いがありました。

思えば、ずいぶんたくさんの子どもたちと出会ったものです。そんなたくさんの出会いから生まれたのが、カオルちゃんとソメヤくんです。私はふたりが大好きでした。

ところで、そのふたりは、私の頭のなか、なんていう、狭い場所におとなしくおさまっているような子どもたちではなかったのです。ふたりは勝手に動き回り、外に飛び出していこうとします。こうなると、私にできることといったら、今この時を生きている子どもたちの言葉や行動をありのままに描くことで、カオルちゃんとソメヤくんが自由に飛び回れるよう手助けすることくらいしかありません。

こうしてできあがった物語りが一冊の本となったのは、一九九九年のことでした。

あれから十二年がたちました。年月がたてば、世の中のようすは変わります。子どもたちの生活も変わっていきます。（たとえば、あのころ、自分の携帯電話を持っている小学生はごくわずかでした。）あのときはリアルだった物語りも、もしかしたら、歳をとっているかもしれない。

ところが、久しぶりに読み返してみると、変わってはいなかったのです。いや、世の中のようすは変わっているのですが、大人の都合や子どもの事情はあのころとあまり変わっていない。

子どもたちがなにに悩み、なにに悲しみ、なにによろこび、なにを求めているのか、カオルちゃんやソメヤくんのリアルが今もリアルであり続けることに、私はちょっと驚いています。

世の中の姿かたちが変わっても、人の心は、そう簡単に変わるものではありません。きっと、次の十年も、その次も、たくさんのカオルちゃんやソメヤくんが、立ち止まったり考えたり、時には爆発したりしながら、いっしょうけんめいに生きていくのでしょう。そんなたくさんのカオルちゃんやソメヤくんたちが、この物語りに共感してくれたら、私はとてもうれしいです。最後に、復刊の機会を与えてくださった童話館出版の川端　強さん、貴重なアドバイスをいただいた川口かおるさんに、この場を借りてお礼申し上げます。

二〇一一年五月　花形みつる

作●花形みつる（はながた　みつる）
1953年神奈川県生まれ。『ゴジラが出そうな夕焼けだった』（河出書房新社）でデビュー。『ドラゴンといっしょ』（同）で野間児童文芸新人賞、『サイテーなあいつ』（講談社）で新美南吉児童文学賞と産経児童出版文化賞推薦、『ぎりぎりトライアングル』（同）で日本児童文学者協会賞受賞と野間児童文芸賞を受賞。その他に『永遠のトララ』（河出書房新社）、『花形みつるの《こどもの事情》講座』、『荒野のマーくん』シリーズ（偕成社）、『わがままガールズ』（佼成出版社）、『アート少女　根岸節子とゆかいな仲間たち』（ポプラ社）、『椿先生、出番です！』（理論社）など。

絵●垂石眞子（たるいし　まこ）
神奈川県茅ケ崎市出身。多摩美術大学卒業。デザイン会社勤務時の海外研修で、たくさんの美しい絵本に出会う。出産後、ごく自然に絵本の世界に入り、今に至る。主な作品に『ぽいぽいぷーちゃん』（ポプラ社）、『サンタさんからきたてがみ』『月へミルクをとりにいったねこ』『あいうえおおきなだいふくだ』（ともに福音館書店）、『ライオンとぼく』（偕成社）など。

子どもの文学●青い海シリーズ・17

サイテーなあいつ

2011年6月20日　第1刷発行
2012年6月20日　第2刷発行

作／花形みつる
絵／垂石眞子

発行者　川端　強
発行所　童話館出版
長崎市中町5番21号（〒850-0055）
電話095(828)0654　FAX095(828)0686
http://www.douwakan.co.jp

184P 22×15cm　NDC913
ISBN978-4-88750-120-1

印刷・製本　大村印刷株式会社

※この作品は、講談社より1999年に初版刊行されたものに、一部、本文の見直しを加えての復刊です。